中国历朝通俗演义
青少年白话文版 ⑤

唐史演义

蔡东藩 ◎ 著

王 统　张雅婷 ◎ 改编

民主与建设出版社
·北京·

© 民主与建设出版社，2024

图书在版编目（CIP）数据

唐史演义 / 蔡东藩著；王统, 张雅婷改编. -- 北京：民主与建设出版社, 2024.1
（中国历朝通俗演义：青少年白话文版；5）
ISBN 978-7-5139-4447-2

Ⅰ. ①唐… Ⅱ. ①蔡… ②王… ③张… Ⅲ. ①章回小说 – 中国 – 现代 Ⅳ. ①I246.4

中国国家版本馆CIP数据核字（2024）第017702号

唐史演义
TANGSHI YANYI

著　　者	蔡东藩
改　　编	王统　张雅婷
责任编辑	金弦　唐睿　宁莲佳
特约策划	任程民　向春婷　罗双
封面设计	海凝
出版发行	民主与建设出版社有限责任公司
电　　话	（010）59417749　59419778
社　　址	北京市朝阳区宏泰东街远洋万和南区伍号公馆4层
邮　　编	100102
印　　刷	三河市同力彩印有限公司
版　　次	2024年1月第1版
印　　次	2024年12月第1次印刷
开　　本	880毫米 × 1230毫米　1/32
印　　张	7.25
字　　数	178千字
书　　号	ISBN 978-7-5139-4447-2
定　　价	699.00元（全11册）

注：如有印、装质量问题，请与出版社联系。

目录 Contents

1. 李渊起事 / 001
2. 李唐代隋 / 007
3. 李世民平陇西 / 012
4. 李世民收复河东 / 017
5. 李世民东征 / 021
6. 李建成争功 / 025
7. 谋害李世民 / 029
8. 玄武门之变 / 033
9. 太宗征突厥 / 038
10. 贞观之治 / 042
11. 长孙皇后崩逝 / 046
12. 立储李治 / 051
13. 太宗征高丽 / 055
14. 太宗驾崩 / 059
15. 武氏夺后 / 063
16. 武氏干政 / 069
17. 两太子蒙冤 / 073
18. 武氏临朝称制 / 077
19. 武氏称尊 / 081
20. 女皇岁月 / 085
21. 景龙政变 / 089
22. 韦氏之乱 / 092
23. 太平公主的阴谋 / 096
24. 开元盛世 / 100

25. 李林甫弄权 / 104

26. 杨玉环得宠 / 108

27. 安史之乱 / 112

28. 郭子仪收复两京 / 116

29. 李辅国擅权 / 120

30. 代宗出逃 / 124

31. 诛除鱼朝恩 / 128

32. 元载擅权 / 132

33. 德宗初政 / 136

34. 田悦叛乱 / 140

35. 四镇之乱 / 143

36. 泾原兵变 / 147

37. 朱泚败亡 / 152

38. 李泌复出 / 156

39. 李泌劝谏德宗 / 160

40. 永贞革新 / 164

41. 元和中兴 / 168

42. 宪宗立储 / 172

43. 李逢吉乱政 / 176

44. 牛李党争 / 180

45. 甘露之变 / 183

46. 仇士良专权 / 187

47. 会昌中兴和大中之治 / 191

48. 高骈收复交趾 / 195

49. 黄巢入关 / 199

50. 朱温篡唐 / 204

 唐 | **1. 李渊起事**

陇西出了个豪门大族——李家,说到李氏一族,那可以追溯到东晋十六国时期,有个叫李弇(yǎn)的人在前凉当官,是张轨的手下,官位可不小,乃是武卫将军、安世亭侯。后来,他的孙辈李暠(hào)推翻前凉自己做了皇帝,成立了西凉国,自此李氏一族逐渐强壮起来。

李暠传位给儿子李歆,最后被北凉所灭。李歆的儿子李重耳生了李熙,李熙生李天赐,李天赐生李虎,李虎正是李渊的祖父,在西魏时官至太尉,后来佐周伐魏,有大功,号为八柱国,殁封唐国公,李氏一族因此更是显赫。及大业十一年(615年),唐国公李渊在晋阳起兵,李氏一族更可谓是傲视群雄了,试问陇西有谁不知道李家?

李渊,即唐高祖,唐朝开国皇帝。北周天和元年(566年),李渊在长安出生,其母独孤氏是隋文帝杨坚独孤皇后的胞姐(北周大司马独孤信之女),说起来李渊与隋炀帝杨广还是表兄弟呢!李渊七岁时,其父李昞去世,于是李渊袭封为唐国公。

仁寿四年(604年),隋炀帝杨广继位,第二年(605年)改元大业。大业初,李渊升官了,担任太守,又被召为殿前少监卫尉少卿。隋炀帝一上位,立即推创科举制度,广征民力来修隋朝

大运河，又频繁征战，百姓忙得焦头烂额，却又食不果腹，可谓怨声载道。世家们被触及利益，也是心生不满。

隋炀帝却不理睬，仍旧按照自己的计划来，想一统寰宇，功比秦皇汉武，从而名垂青史。可隋朝本就刚建立不久，问题多了去了，矛盾没能及时处理就像滚雪球一样，一发不可收拾，最终导致民变，天下大乱。

隋炀帝征辽东时，派遣李渊督运兵粮，不巧正碰到杨玄感起兵作乱围攻东都。于是隋炀帝命李渊担任弘化留守，自己集结军队亲征杨玄感去了。杨玄感兵败后，李渊继续留守弘化，对待手下很是宽和，十分得民心。

隋朝后期，战争愈演愈烈，兵役徭役十分繁重，民不聊生，有谣言"桃李子，有天下""杨氏将灭，李氏将兴"在市巷传出，传到了隋炀帝耳中。当时李密因余荫在朝担任左亲侍，隋炀帝见李密面容甚伟，想到谣言，于是心生不快，故意找了个缘由让他罢官。

李密与杨玄感有密谋，杨玄感兵败后，李密赶紧逃亡到了瓦岗。隋炀帝逐去李密后，又疑心郕国公李浑，便诬陷他谋反，杀了李浑并夷其三族。后来听闻李渊深得人心，也疑忌起来，派遣使者到弘化让李渊面圣。因李密、李浑之事，李渊本就战战兢兢，有唇亡齿寒之感，乍一听到隋炀帝传召，心都慌了，于是装着一副病容接见来使，并用重金珠宝贿之，托他向隋炀帝复命。得了重金，使者也乐得给李渊做个人情，于是以李渊病重向隋炀帝复旨了事。

那时，隋炀帝正在造龙舟，既忙着征伐，又耽于游乐，哪里还有心思顾及李渊，于是一连搁置许久。等隋炀帝见到李渊外甥王氏后，才又记起李渊，此时是几个月后了，于是随口说了一句："索幸死了，倒也好了。"此话传入李渊耳中，更是令李渊惊魂不定，

1. 李渊起事

唯恐大祸临头。

又一年,隋炀帝留驻江都,各路揭竿起事已成常态。那时候,李渊为太原留守,看见这样的局面,常常愁叹。李渊的次子李世民却从这乱世中看到了另一条大路,他礼贤下士,结识群英,等待时机以图大业。

晋阳令刘文静及宫监裴寂等人,常与李世民往来,关系甚密。李密叛乱,刘文静因为与李密有通家之好而被连坐,被革职下狱。李世民听闻消息,急忙前去探望,两人忍不住论起这四分五裂的天下。

却说这刘文静和李世民,本来就关系亲密。从前的时候,刘文静就十分看重李世民。他当时任晋阳令,常常和宫监裴寂一起喝酒。裴寂对李世民颇不以为意。

有一天,两个人一起留宿城楼,远远看见境外烽火连天,裴寂忍不住叹息了起来,说道:"身为贫穷的小官,眼看着天下大乱,怎么才能保存自己的身家性命呢?"

刘文静笑着反问:"看来咱俩是同心同德啊,还怕什么贫穷呢?"

裴寂一看他有主意,忙问:"你有什么高见吗?请指教指教。"

刘文静笑道:"乱世出英雄,难道你不觉得公子李世民就是英雄吗?"

裴寂想了想,说:"公子是有些才识,可他毕竟还是个半大孩子,能成什么事呢?"

刘文静摇摇头说:"你可别小看这个半大孩子,这孩子可是个奇才!"

裴寂听完,半信半疑,想不明白刘文静为什么这么看重李世民。

后来,有江都使者持诏书而来,要李渊把和李密有密切关系的刘文静下狱,李渊没办法,只好将刘文静抓了起来。

李世民听说后赶紧去看他,狱中的小吏一看是公子李世民,哪敢阻拦,赶忙放了进去。

见了刘文静,李世民连连叹息,感慨世道不公。

刘文静笑道:"现在的天下还有什么公平可言?除非有汉高祖、光武帝这样的人出世,才能拯救天下黎民百姓,让公道再次居于世间,到那时候,才会没有被冤枉死的人。"

李世民听完,有些生气地说:"你说的话未免有些过分,难道当今就没有大才吗?我来找你,正是与你商议这等大事的,你以为我是来探监哭泣的吗?"

刘文静听完,禁不住鼓起掌来,"好!我果然没看错人。公子你果然是胸有大略。现在天下大乱,到处都是盗贼,正好有百姓为了躲避盗贼来到太原城,一旦把他们利用起来,就能获得十万士兵,再加上令尊麾下的数万士兵,凭借着这些兵马趁机入关,不出半年就能成就一番帝业!"

李世民听闻刘文静所说的一番话,沉吟了一会儿才说:"你说得很对,可是我担心家父不会接受这个建议。怎么办呢?"

刘文静微微一笑,说道:"这有什么难的。"

说罢,附在李世民耳边,说了几句悄悄话,李世民越听越喜上眉梢,如果真按照刘文静的这个办法去做,不愁家父不接受他们的谋划。

李世民出了牢狱,去找裴寂喝酒赌钱,故意输给裴寂,裴寂心情大好,李世民趁机将他与刘文静谋划的事情告知裴寂,要他帮忙。裴寂想了想说:"我和令尊本是老友,如果我当面劝说他,他肯定会拒绝我,看来也只好暗度陈仓了。"

1. 李渊起事

李世民见裴寂答应帮忙，当下大喜道："日后必有报答。"

裴寂回道："那是后话，以后再说。"

隔了一天，裴寂在晋阳宫设席，邀请李渊赴宴。晋阳宫乃是隋炀帝四处游幸所置的一座行宫。裴寂为晋阳宫副监，而李渊留守太原又兼领晋阳宫监，这次裴寂邀请他，李渊也没多想就去了。

席间，裴寂频频劝酒，李渊开怀畅饮，渐有醉意，醺醺然中有佩环声响起，更有暖香拂面而来。只见有两个美人袅袅婷婷，睁着一双醉眼。李渊抬头一看，正是一对倾国名花。美人服侍左右，娇艳动人，举酒相劝，李渊躺在这美人香中，原本就有醉意，又连饮数杯，更是酩酊大醉。

等李渊酒醒，见美人在怀，便问美人名字，才知道尹氏与张氏这对倾国名花乃是宫眷，吓得李渊脸色发白，连忙告罪，忍不住又想起隋炀帝那番话，更是惶恐不安。李渊慌忙走出寝门，正遇上裴寂。李渊疾步上前扯住裴寂，疾呼："玄真玄真！你莫非要害死我吗？"

裴寂只是笑着说，别说是宫眷了，就是隋氏江山对于李公你来说也不过唾手可得，并劝李渊起义。

李渊此时哪敢答应，裴寂正要再劝，却有急报，说是突厥兵已经打到了马邑。李渊匆匆赶回，派遣高君雅领兵前去马邑。不出几日，太守王仁恭战败，高君雅亦败。听到消息，李渊焦急忧虑，又想起晋阳宫事，更是寝食难安。李世民趁机相劝，又提到起义，李渊这时已经动心了。

可还没来得及行动，江都又传来消息，说是李渊这次没能抵御突厥，特遣使至太原，逮渊问罪。李渊惊恐不安，连忙召裴寂、李世民等人商议。再提起义。诸事逼迫，不变则亡，李渊已经毫无退路，终究是下定决心起义叛隋。

李世民趁机保举刘文静，称赞刘文静有大才。后来刘文静见李渊并献策，让他假传诏令，命太原西河雁门马邑人，凡二十岁以上，都要应征入伍，从而引起民愤。随后李渊又同李世民、裴寂、刘文静等人商议，除去王威、高君雅二人。于是晋阳尽在李渊一行人手中，可以说是李家的一言堂了。

此时，隋朝已经民怨沸腾，百姓生不如死，大乱已是必然。

 唐 | 2. 李唐代隋

晋阳已经牢牢掌握在李渊手中，有兵有粮，就差攻城略地了。于是李渊自号义兵，打着尊立代王（隋炀帝之孙，已故太子杨昭的小儿子）的旗号，先是派李建成、李世民带兵攻取了西河，后又亲自率领甲士三万及李建成、李世民等人朝着长安进军。

行军途中，李渊收到李密在瓦岗起义的檄文，李世民看后心生一计，提出暂时与李密同盟佯装尊其为主的主意，这样可以让李密堵住河洛地区，牵制隋朝东边的军队，让他们鹬蚌相争。这样李渊的军队便没有了后顾之忧，可以直接一路西征，等到攻入长安、占据关中后，就能坐收渔翁之利了。

李渊领军一路西征，直取霍邑，紧接着就去攻占绛郡，随后又招降了河西郡邑，这打江山占地盘的速度当真是飞快，眼看着就要进入长安，在讨论如何进军的时候李渊内部却发生了争执。于是兵分两路，李建成同刘文静等人在永丰仓屯兵，守住潼关伺机攻打河东，而李世民则是率领刘弘基等人巡渭北。

李世民一路西进，沿途收复若干势力，更是遇到了他今后的得力助手房玄龄。两人一见如故，互相谈论军事，甚是相投，相见恨晚。喜事逢双，李世民不仅得了房玄龄，恰好又有柴绍夫妻（李世民的姐姐、姐夫）带着军队前来，李世民大喜。之后又向阿

城进军,一路军纪严明,队伍齐整,很是壮观,并派遣使者禀告李渊,奏请一起攻入长安,待两军会师。

李渊接到李世民的军报时,正好刘弘基等人打了胜仗,他心情大悦,立即朝着长安进军。等到两军在长安会师时,已有二十多万人。李渊命令军队驻扎,不得扰民,并派遣使者到长安城门下,说是愿意拥立代王。长安京兆内史卫文升年老体衰,听闻李渊兵临城下,愁得病倒了,只左翊卫将军阴世师调兵抵御。李渊只好强行攻城,军队最终攻破长安城。阴世师被斩首。

代王当时年仅十三,听闻城门被攻陷,吓得脸色发白,只剩侍读姚思廉从容侍侧,其余人都四下逃命去了。

李渊骑着马带着军队气势汹汹地踏入殿内。姚思廉厉声呵斥道:"唐公举义兵到此,按理说是为了匡扶帝业而来,你们这些人怎么如此无礼?"李渊从马上下来,对代王行臣礼,并让代王迁居

2. 李唐代隋

大兴殿后厅。

代王本就年幼,又见李渊的军队将殿内包围,害怕得直抖,毫无主意。姚思廉知道事已至此别无他法,只好扶着代王去了阁下,泣拜而去。

李渊占领了长安,在长乐宫住下,初步与民约法十二条,并将隋朝原有的严苛禁律全都除去,狱中囚犯也多被释放。

马邑郡丞李靖当时也被抓进了监狱中,李渊问他:"你犯了什么罪?"

李靖笑着说:"我没犯罪,我听说您起事了,所以就假装自己是囚犯,正准备让长官把我押送到江都去向陛下告密,结果到了长安,偏偏遇上您围城,城守也不知道我的谋划,所以暂时将我羁押在狱中。"

李渊听了,顿时气不打一处来,"你敢告发我?给我推出去砍了!"

李靖大呼:"您想要平定天下,正是用人之际,却要以私怨杀壮士?难道不怕失去人心吗?"

李渊也不理他,左右手下上来就捆了李靖,准备拉出去砍了,忽然有一个跑了进来,拦住了押解着李靖的士兵。

李渊一看,这不是李世民吗?李世民看了眼李靖,赶紧对李渊说道:"这个李靖素有将略,如果能为我所用,肯定能立功!请大人不要念旧恶,赦免了他,给他个官做。"

李渊沉默了半响,才慢悠悠地说道:"我看这个人长得很是魁梧奇异,将来怕是会生是非,不好驾驭啊。"

李世民答道:"父亲放心,儿自有办法。"

李渊见他信誓旦旦的样子,这才允诺饶了李靖。

李世民赶紧给李靖解开绳子,好言安慰了一番,将他引到自

己的府邸,像是对待上宾一样对待李靖。

李世民得了李靖这员猛将,李渊则得了长安这座大城,父子俩皆有收获。

李渊军纪严明,长安百姓因此很快被安抚好,于是李渊奉代王侑(yòu)为皇帝,将年号改为了义宁。

李渊遥尊隋炀帝为太上皇,自封为大丞相,晋封唐王,管理内外军事,以武德殿作为丞相府办公。李渊任用裴寂为长史,刘文静为司马,又命长子李建成为世子,次子李世民为京兆尹秦公,四子李元吉为齐公。

义宁二年(618年),李渊命李建成为抚宁大将军,李世民为副,统兵七万人,向东都进军。还命李元吉为镇北将军,管理太原十五郡军事。三人受命,各领军队正要渡河,分军前行,这时候忽然收到江都传来的急报,隋炀帝被宇文化及所弑,另立秦王浩为帝了!

这可是一颗惊雷炸入了水面!原来隋炀帝一直驻留江都,沉迷声色,丝毫不知外面已经发生了翻天覆地的变化,而宇文化及等人看着各处冒出来的起义军,心绪翻动,仗着手握大权,想要效仿司马家,自己也当皇帝,于是密谋杀了隋炀帝,另立秦王浩为皇帝,准备徐徐图之。

隋炀帝被弑的消息传开,李密立即屯兵,阻挡宇文化及。而吴兴太守沈法兴也打着声讨宇文化及的旗号起义占据了江表十余郡。梁王萧铣更是直接称帝,迁都江陵……

李渊一连得到各处消息,也跃跃欲试,立即将李建成、李世民等人召了回来,并胁迫代王禅让帝位,代王孤苦无依只好听命。一番准备下,在义宁二年五月戊午日,宣告禅位。禅位诏下,刑部尚书萧造、司农少卿裴之隐等人立即赶到唐王府邸,奉皇帝玺

2. 李唐代隋

绶。李渊三揖三让后，坦然接受，将大兴殿改为了太极殿，并择甲子日登基。

李渊登基，颁诏改义宁二年为唐武德元年，大赦天下。之后将郡改为州，太守改为了刺史，授裴寂为右仆射，刘文静为纳言……后立世子李建成为太子，封李世民为秦王，李元吉为齐王，其余封赏就不一一言表了。总之，唐朝，这个繁盛兴旺颇富传奇色彩的王朝从李渊登基这一天起缓缓拉开了序幕。

3. 李世民平陇西

就在李渊稳坐关中时,越王侗(dòng)(隋炀帝之孙)在东都称帝,任命段达、王世充为纳言,元文都为史令,把持朝政,而宇文化及杀了隋炀帝后准备率领军队攻打东都。越王侗等人听到消息后,准备联合李密一起抵御宇文化及的进攻。可李密另有谋算,并没有答应,反而让翟让带着军队偷袭东都,后来被王世充击退。

李密军队逐渐壮大的同时,收纳了不少人才,将领有秦叔宝、程咬金等人,甚至连以后的太平宰相魏徵,当时也跟随着武阳郡丞元宝藏在李密麾下。元宝藏袭破黎阳仓后,立即开粮仓赈济百姓,颇得人心,后又选丁壮为兵,不到十天,就征得了三十万士兵。不得不说这时候李密的势力不容小觑。

此时,王世充调兵十万,前来攻打洛口。李密渡过洛河迎战,被王世充打败,立即往洛河南边退去。王世充又来追击,李密回击,王世充败窜石子河,之后又来战,继续败,最终往西边逃了。事后,李密威名显赫,趁着士气高涨,李密又去进攻东都,与王世充相持,王世充屡战屡败,丢了金墉城。

眼看着东都就要落入李密一人手里,李建成、李世民以援师的名义带着军队也来到东都,阻拦李密。李密的军队乘势攻城,

3. 李世民平陇西

李建成麾兵阻拦，李密就退兵了。等李建成等人还归长安后，李密又准备再次攻打东都，却又遇到宇文化及袭击黎阳，只好匆匆而还。李密得到东都的机会就这样一而再、再而三地错过了！

等李密击退宇文化及，东都已全部落到了王世充的手里。王世充带着精锐部队又来攻打李密。听闻消息，李密原准备直接迎击，裴仁基却献策主张绕道河西突袭东都。李密觉得甚好，众人却主张速战。正相持不定时，王世充却已经夜遣轻骑潜入了北山，准备在天色破晓时突击李密的军队。

李密和王世充打得热火朝天，李渊乐得坐山观虎斗，只是陇西薛举囚了金城令郝瑗（yuàn），自己直接称帝了。薛举本人不过是陇西一土豪，也没什么本领，但他有个善骑射、颇有能力的儿子薛仁杲（gǎo），此人绰号万人敌，几乎百战百胜，只在扶风一战中被李世民击败过。

武德元年（618年）六月，薛举突然举兵侵犯泾州。李渊原本等着李密和王世充斗个你死我活，好坐收渔翁之利，这边薛举突然冒出来了，于是立即让李世民率领八总管兵，出长安前去陇西。不巧，军队到了豳岐的时候，李世民突然患了疟疾，只好让刘文静等人暂时掌兵，并嘱咐他们切勿妄自开战。可真是怕什么来什么，刘文静与殷开山没按捺得住，竟然大摇大摆地进军，结果被薛举袭击，大败，士兵折损近一半。这还怎么打？李世民只好拖着病体退回长安。

且说东都那边，王世充伏击李密，那时李密刚将宇文化及赶走，士兵早已疲倦，加上此前一再击败王世充，这次也没太放在心上，心存轻视。等到王世充的军队骤然出现，仓促间根本来不及列阵，于是轻而易举地就被王世充带领的江淮悍将打得七零八落。李密的部队四下溃散，全然没有个主心骨，这时候王世充又将一个貌似李密的人双手反绑，牵到阵前，故意大声喊道："李密已擒住了！"听到这话，李密的军队更乱了，不由得信以为真，顿时大溃！单雄信等人大都降于王世充，裴仁基等人也统统被王世充手下擒去。

这一战彻底毁了李密的根基。李密狼狈逃回洛口，最后无可奈何投奔唐高祖李渊去了。

薛举击败了唐军，第二年二月又派遣薛仁杲围攻宁州，被刺史胡演击退。没多久，薛举病死了，薛仁杲继位。李渊让秦州总管窦轨征讨薛仁杲，却是战败。薛仁杲趁机又围攻泾州，射死骠骑将军刘感，击败长平王李叔良。

得知消息后，李渊立即再次授命李世民为西讨元帅，出击薛仁杲。李世民整军出发，并命令将士坚壁自守，不得妄动，违者斩。之后，薛军前来挑战，肆意谩骂，唐军被骂得愤懑得很，个

3. 李世民平陇西

个摩拳擦掌欲要死战。李世民依旧冷静,命令将士不得出兵,宣谕道:"我军刚刚吃了败仗,士气沮丧,而贼军正是恃胜而骄、轻视我军的时候,应该闭垒自固,养足锐气,彼骄我奋,才可以打败敌军。诸君若违我军令,休得后悔!"

听到这番话,诸位将领半信半疑,但李世民兵权在握,以往也屡建奇功,都只好听命行事。这样一连等了五六十日,直到敌营来了一个叫梁胡郎的人,乞求投降,说是军营中缺乏食物,不免就擒,所以率部来降。

收了梁胡郎后,李世民一面遣行军总管梁实移营浅水原,诱敌来袭;一面与右武侯大将军庞玉兵分两路,让庞玉诱敌,李世民再呈包抄之势围剿薛军。薛军前后受敌,抵挡不住,四散奔逃,李世民立即带军追击,一路斩首数千。眼看着李世民还要再追,窦轨劝阻,李世民道:"我已经考虑过了,今日战势,已如破竹,不可再失了。舅舅不必再说!"

按捺了五六十日,李世民早已深思熟虑,这次更是趁机一举攻入了薛仁杲所在的折墌城。薛仁杲计穷力竭,只好投诚李世民。

诸位将军前来祝贺李世民攻下城池,并且满怀疑虑地问李世民:"大王连攻城的器械都没有,却敢迅速追击,从而一战而胜。当时大家都觉得不可能攻下城池,敢问这到底是为什么呢?"

李世民说:"敌人都是来自陇外的彪悍士兵,我要是追击慢了,他们进了城池,就又变成一支劲旅了,毕竟他们伤亡不多。据城死守,肯定很难打下来。只有乘胜追击,让这些溃散的兵士无法回到城内,才能让敌人失去有生力量,无暇再战,不投降还能怎样?"

众将听罢,佩服得五体投地,纷纷拜倒在地上:"大王胜算,我们都不及您啊!"

　　李世民笑道:"我谋划,你们出力,都是为国家建功立业,不用分彼此!"

　　大家一听,更加佩服李世民了。

 唐 **4. 李世民收复河东**

薛仁杲被平，李渊心情大好，本想放慢速度一步步蚕食各方势力，好一边休养生息一边征讨，却突然收到宇文化及杀了秦王浩，自称许帝的消息。朱粲又夺去了唐朝的邓州，自称楚帝。唐高祖李渊顿感急迫，准备立即派兵依次征讨。

就在这时，华州刺史赵慈景（李渊的女儿桂阳公主的丈夫）受命与工部尚书独孤怀恩一起率领军队攻打河东，被隋朝将领尧君素擒了，斩首挂在城外。消息传到长安，李渊震怒，立即命秦王李世民担任陕东大行台，统领所有蒲州及河北兵马。李世民督促独孤怀恩进兵围蒲州，尧君素百计备御，始终无法攻克。尧君素誓死不降，最终城内粮食都吃完了，人自相食，尧君素的部下薛宗就刺杀了尧君素，拿着他的首级出城投降了。河东太原可以说是李家的根底了，李渊从河东起兵一直打到长安，在长安称帝后，就让齐王李元吉留守河东。

当时，刘武周杀了隋朝太守王仁恭后纠集了一群亡命之徒，和易州贼寇宋金刚狼狈为奸，一路向南攻打，也想夺了江山做一做皇帝。刘武周带着三万人一路打到了并州，甚至到了太原脚边上。唐朝左武卫大将军姜宝谊和行军总管李仲文，赶紧带着军队去剿，却被俘虏了。姜宝谊被杀，李仲文逃回了太原。

得知消息,李元吉慌得很,立即向长安请求援助。于是唐高祖李渊派裴寂去征讨,还是败了。李元吉更是害怕,连夜带着妻妾逃回了长安。于是宋金刚攻入晋州,刘武周攻入并州和太原。后来,夏县民吕崇茂乘势聚众,起应刘武周,自称魏王,四处劫掠。

李渊令永安王李孝基等人助剿吕崇茂,一面发出手敕,饬关中守将,一面严行堵御,所有河东一带,暂行弃置。

李世民得知后,大怒,立即向唐高祖李渊请命道:"太原为王业所基,是国家根本,河东地区殷实富裕,京邑的物资几乎全都仰仗河东,如果骤然轻弃,恐怕河东不保,到时一定会祸及关西。臣愿意领精兵三万,出讨武周,一定能平定叛贼,收复汾晋地区。"

唐高祖李渊在李元吉丢了太原逃回长安后也是恼怒得头大,看到李世民主动请缨,立即答应,让关中将士全都归李世民管理,派李世民攻打刘武周,以收复太原。

武德二年(619 年)十一月,李世民带领军队到了龙门。正值寒冬腊月,河面早已经结了厚厚的冰,渡过冰面,前面不远处就是宋金刚驻扎的营地。李世民选了易守难攻的险地扎营,做好防护并不急着攻占,并传檄让各郡的官员运输军粮及其他军需。听到是李世民带军,各地官吏争着前来,陆续输运粮食,解到军前。由此足可以看出李世民当真是声望颇高,让人信服。

李世民安顿军队,养精蓄锐,并让小队兵马袭击敌营。敌人出来后就立即退去,敌人退了又去追,这样反复,惹得宋金刚这个贼盗火冒三丈,随即率领大队人马来进攻李世民的营地。

被强敌攻打营地,李世民仍旧不慌不忙,从容镇定,他让士兵们用强弩硬弓击退了宋金刚,随后李世民又按照之前的战略袭

4. 李世民收复河东

击宋金刚。

就在宋金刚的势力被一点点消磨掉的时候，李世民接到夏县被刘武周部队打败的消息，兵部尚书殷开山和行军总管秦叔宝立即请命前去回击，随后将刘武周部将尉（yù）迟敬德击败，胜利归营。

这时李世民仍旧按照之前的战略隔三岔五地袭击宋金刚，但不大规模进攻。将士们都有点耐不住了，摩拳擦掌只想打个痛快，屡次请求攻打宋金刚，李世民都没有同意，他解释道："宋金刚带军深入，必定是兵精将猛，利在速战，我们应该先避开他们的锋芒，消磨贼寇的锐气，等到他粮食没了，自当逃走，那时就是我们追击的时机了。"

听到李世民的一席话，众将领恍然大悟，全都听命行事，如此一来就与宋金刚的军队相持不下，两军相抗竟是到了第二年。

武德三年（620年），刘武周攻略潞州，被唐朝将领王行敏击退，于是去攻打浩州，又被李仲文、张纶给轰走了，一连败了两次，士兵们全都灰心丧气，毫无士气可言。那宋金刚也好不到哪里去，被李世民放风筝一般的打法给磨得锐气消弭，又加上粮草消耗殆尽，只好让军队向北撤退。

宋金刚一动，李世民立马带兵追击，意识到等待已久的战机就在眼前，李世民昼夜追击了两百多里路。将士们请令先安营驻军，填饱肚子休整后再去追击敌军。但战机稍纵即逝，李世民拒绝休整，忍着饥饿疾速追赶宋金刚的部队，一直追到雀鼠谷，总算追到了宋金刚的军队。宋金刚知道没有粮食不能久战，只想着快速脱困，于是边战边退，和李世民的军队打了八次，都是大败，被俘虏斩杀的士兵有数万人，眼看着回天乏力，宋金刚落荒而逃。

此时李世民已经两日没有进食，三日不曾脱掉盔甲，军队中还有一只羊，于是吩咐宰羊烹食，让将士们填饱肚子，稍作休整后再次追到介休城。

宋金刚带着两万余人出来迎战，李世民让前军正面应敌，自己则率领另一队人马绕到敌军后面，前后夹击宋金刚。宋金刚大败，骑着马又逃了，李世民带着士兵追了数十里路，尉迟敬德等人皆被俘虏，后来降了李世民。

宋金刚可以说是穷途末路了，刘武周在并州也不过是强弩之末。击溃了宋金刚，李世民又立即挥兵并州，那刘武周听闻消息，落荒而逃。也是讽刺，这残虐成性的两个人都向北逃，后被突厥杀死。

收了并州，李世民再进军晋阳，守将杨伏念举城迎降。

唐 5. 李世民东征

薛举、刘武周等人皆被李世民剿灭，唐朝统一天下的阻碍就只剩下窦建德和王世充这些势力了。李渊举棋不定，思虑再三准备先打窦建德，被李世民劝阻，说王世充残虐无道、人神共愤，剿灭王世充是民心所向。

李渊一听觉得也是这么回事，于是让李世民整顿军队征讨王世充，至于窦建德这一边则是派遣使者与他修好，并让窦建德放了淮安王李神通和同安长公主（先前窦建德攻占黎阳，掳走了当时身在黎阳的淮安王李神通和同安长公主）。

接见唐朝的来使后，窦建德将淮安王李神通和同安长公主放归，同意与唐朝修好。得到回复，李渊放宽了心，将攻打王世充的事情全部交给了李世民。

李世民带着军队一路东行，先打慈涧城。得知李世民打过来了，王世充立即派自己的兄弟子侄等防守各城，怕再有投降的情况，就立了一条极其残虐的禁令：一人失踪，全家俱戮。王世充带着三万兵马援救慈涧城，李世民亲自带着轻骑侦察情况，与王世充的队伍碰了个正着，被他围住。李世民张弓射箭逼退了王世充就回了营地，第二天直接带着五万步骑抵达慈涧城，援助罗士信攻城。守城的士兵见大军扑来，四下逃散，直接弃了慈涧城，

逃往洛城去了。

李世民不费吹灰之力就攻下了慈涧城,又分军进兵,自督大军,连营北邙,步步逼近,沿途有许多城池直接归降。眼看着原有的城池一座座沦陷,王世充只好带兵抵御李世民,两军隔水置阵,李世民劝王世充降唐,直言说道:"你若是解甲归降,还可以保全富贵,否则决一胜负,不必多言!"

王世充没有回答,两军相持不下,一直到暮色降临才各自退去。之后又有显州总管田瓒等人举所部二十五州降唐。

李世民行军的时候,每到傍晚必定检查将士,他突然发现降将寻相不见了,之前河东投降的士兵也大都逃走了。

因为尉迟敬德和寻相是同时归降李世民的,寻相这一逃就引起了殷开山、屈突通等人对尉迟敬德的猜疑,于是直接就将尉迟敬德捉了。他们进入李世民营帐,说尉迟敬德骁勇善战,一旦有二心后患无穷,劝李世民以防万一,趁早杀了尉迟敬德,免得留下祸根。

李世民当即站了起来,严词拒绝,随即连忙走出帐外,亲自解开了尉迟敬德身上的绳子,又将尉迟敬德带入卧室内,取出金子相赠,温声说道:"丈夫本该是意气相期,请勿因为这些嫌隙而介意,若是想要去别的地方,这金子可以作为路资,以此聊表我们袍泽情谊,我怎么会因为谗言来残害忠良呢?"

听到李世民这般肺腑之言,尉迟敬德不禁深受感动,直接下拜,哽咽地说道:"大王如此以诚相待,我尉迟敬德并非木石,哪能不知道感恩,我在此发誓愿为大王效忠而死!"

李世民立即扶他起身,又是一番宽慰。这般情深意切,难怪李世民麾下的文臣武将都恨不得用自己的性命去报答,还真应了那句话"士为知己者死"。

5. 李世民东征

第二天，李世民率领五百骑兵在周边巡视，猝不及防遇到了王世充带着一万多步骑的队伍，为首的是武艺高强的单雄信。单雄信一见到李世民就策马上前，提起长枪猛刺。李世民匆忙拔刀抵御。眼看着即将不敌，危急关头，忽然有一员猛将从旁边出来横戳单雄信，直接将单雄信击落马下，之后连忙将李世民护在身后，送到了战线外围。确保李世民安全后，那员猛将又立刻冲入王世充营阵，左挑右拨，势不可当。这猛将正是先前的尉迟敬德。这时，屈突通带着大军赶到，杀得王世充丢盔弃甲。王世充留下大将军陈智略断后，自己则落荒而逃。

尉迟敬德将陈智略击落马下，直接活捉，这才收兵回营，拜见李世民。李世民连忙站起来迎接，感慨地说道："众位将军怀疑你一定反叛，我说你绝无他意，没想到你报恩的速度竟然这么快！"

因李世民赏罚分明，声望越来越盛，四周的人听闻后，全都赶着前来依附李世民。武德四年（621年）的时候，梁州总管程嘉会也带着手下投降。

随后，李世民加快了对王世充的征战，大军一直打到了东都。王世充只剩下这最后一城，战败已是必然。就在李世民准备强攻一举灭了王世充时，突然收到窦建德带着十万士兵前来救援洛阳的消息。

王世充请求夏主窦建德出兵救援，窦建德原本是不准备搭理的，毕竟两人矛盾不少，奈何窦建德还是听了中书侍郎刘彬的意见，带着军队水陆并行地往洛阳赶，并让使者给李世民带话，让李世民将占领的城池还给王世充，然后退兵。

听到这话，李世民气极反笑，直接将使者扣留，并立即召来众人商讨，决定先围困东都，斩断王世充和窦建德会合的可能，同时挖深沟、筑高垒，养精蓄锐。窦建德的军队到达后，唐军以逸待劳，几次交战，终于擒获了窦建德。眼看着援军被抓，王世充吓得胆战，立即乞命投降了。

李世民这次东征，不仅打下了东都，还擒获了窦建德，于是两国的土地尽数被唐朝收入囊中。

6. 李建成争功

窦建德战败的消息传到河北，刘黑闼（tà）顿时觉得自己的机会来了，他立刻召集窦建德留下的队伍自称汉东王，起兵进犯唐朝地域。

高开道本已降唐，他看着刘黑闼势力越来越大，心想刘黑闼可以称王，自己怎么就不能了，于是立即叛了唐朝自称燕王，和刘黑闼暗地里合作。

兖州徐圆朗得知刘黑闼在漳南起兵反唐的消息后，立马扣留了唐朝将领盛彦师，自己占据了兖州，再次叛了唐。

当时，淮安王神通和李艺等人带着唐朝军队征讨刘黑闼，均被刘黑闼击败。之后，刘黑闼攻占了瀛洲，不久又破了定州，卢士睿、李玄通等人都被杀死，紧接着又攻下冀州。赵魏境内，窦建德的部将们都争着击杀唐朝官吏，以此响应刘黑闼。

不过半年时间，宗城、洺州、相州、黎州、卫州，窦建德原先的地盘尽数被刘黑闼收复。刘黑闼随即又结好突厥作为外援，再次进犯唐朝领土。

边界告急，战况一发不可收拾，李渊急得火烧眉毛，连忙让秦王李世民、齐王李元吉一起去山东，再次征讨刘黑闼。

武德五年（622年），李世民再次带军出征，士气高涨。先是

一举夺回了相州，随后继续东行，向肥乡进军，在洺水南岸扎营，一层层地进逼刘黑闼。

洺州守将刘黑闼的手下范愿，领着精兵抵御幽州总管李艺的进攻，夜晚在沙河留宿。李世民隔水相望，想了一招疑兵计，让程名振夜晚运了六十具大鼓，在城西二里堤上，一起击鼓，顿时鼓声震耳欲聋，连城都动摇起来。

范愿听到动静，大惊失色，忙派人告诉刘黑闼，刘黑闼慌忙带兵返回洺州，在徐河与李艺的军队展开了一场角斗，大败而逃。李玄感举城降了李世民，李世民派遣王君廓入城。之后刘黑闼率兵攻打洺州，罗士信请命守城，最后战死。

刘黑闼攻下了洺州，又进兵挑战唐朝军队。李世民派遣将领出兵袭击，直接杀入敌军营帐，随后又让程名振断了刘黑闼的粮道，凿了运粮的船、烧了粮车，等刘黑闼得知消息时已经晚了。

6. 李建成争功

但他仍旧不肯退步，继续和李世民的大军相持了六十多天。

李世民料定刘黑闼没了粮食一定会速战速决，于是让人守住洺水上流，并叮嘱道："等我与贼军交战，看准时间决洺水，勿误勿忘！"之后刘黑闼果然带兵渡水而来，李世民带着精骑兵先是破了刘黑闼的前军，随即捣入敌军后方，与刘黑闼正面相遇。刘黑闼督兵死战，一直从中午打到了傍晚，渐渐体力不支，最终和部将王小胡逃跑了。

其余人仍在奋战，忽然洺水奔涌而来，直接卷走了刘黑闼数千人，剩下来不及逃走的也大多被唐兵杀尽。刘黑闼拼命渡过洺水后，身边只剩下两百多人，他又怕李世民再追，就直接奔往北边的突厥，逃命去了。

击败刘黑闼、收复河北等地后，李世民又奉旨讨伐徐圆朗，正要进军兖州，却又突然收到诏书让他回朝。徐圆朗听闻秦王移军讨伐，大惊失色，后听闻李世民不来了，当真是松了口气。

李渊让李世民放着徐圆朗不打，直接回长安却是另有原因。李世民屡建奇功，朝廷大臣对秦王更是称赞有加。因此，太子李建成和齐王李元吉很是忌讳李世民，他们和李渊后宫的妃子尹、张二人私下里结好，两妃子就常常给李渊吹枕边风。

先前杜如晦（huì）（李世民门下）经过尹妃父亲阿鼠门前，被无故拖下马，折了他一指，又傲慢道："你是什么人？不下马竟然敢从我家门前过去？"

杜如晦狼狈回府告知李世民，不等李世民觐见李渊，那尹家已经是恶人先告状。李渊不听李世民解释，只将他斥责，此时已经可以窥见李渊对李世民的猜忌和不满了。这次先是让李世民征讨徐圆朗，后来又让他回朝，也能看出李渊对李世民的疑心。

至于太子李建成，更是害怕李世民最终会夺了自己的太子之

位。李建成心中忧虑不安,太子中允王珪和洗马魏徵劝李建成主动出征讨伐刘黑闼和徐圆朗,道:"秦王功盖天下,中外归心,殿下但因名分居长,得就东宫,此时不立大功,恐怕以后不能镇服众人!如今刘黑闼逃命,就算占据东土,也没有太大威胁,人心未定,殿下可自请出征讨伐。"

李建成思虑再三,最终依照计划带着魏徵一同讨伐刘黑闼和徐圆朗去了。路上也是忐忑,直到魏州总管田留安传来捷报说是刘黑闼已经被击败,李建成这才放心,于是和齐王李元吉一起向魏州进发。

不久,刘黑闼被刘弘基等人击溃,最后被唐军围困捉拿。李建成担心刘黑闼中途被人劫走,所以就把刘黑闼斩首洺州。徐圆朗听到刘黑闼已死的消息,又接连战败,直接弃城逃走了,后来被山野间的村民杀死,至此,东北一带终是全部平定。

# 7. 谋害李世民

武德七年（624年），唐朝基本统一了中原地区，秦王李世民功不可没。地盘打下来了，唐高祖李渊开始整顿内治，先是论功行赏，依次封王授官，跟着打天下的一群人都乐得发狂。接着是颁布法令，基本都是依照隋朝的旧制，但将学考（科举考试）与选举法并用，也就是说以后当官并不是非要权贵举荐，有本事也可以自己考。

这次论功，秦王可谓是一骑绝尘，太子李建成、齐王李元吉都难以望其项背。李建成的太子之位坐得很是心虚，常常和李元吉、杨文干密谋想要害李世民。

李元吉直接和李建成说："想要杀李世民，只要我一举手，便能成事，何必谋划那么多。"李建成知道没那么容易，左思右想都没什么好主意，很是忧心。杨文干却很赞成齐王的意见。恰巧有一天，李世民跟随李渊去了李元吉的府中，李元吉立刻让护军宇文宝等人埋伏在室内，准备直接偷袭杀了李世民。

李建成听闻消息，知道李渊也在，骇然色变，立刻阻止李元吉，这么仓促行事怎么可能成功！但看着李世民颇受朝臣拥戴，李建成日益焦虑，思虑再三决定先举荐杨文干担任庆州总管。名为举官，实则是为了让杨文干私下为他招募私兵悄悄送入长安，

等待时机图谋大事。

不久,李渊去往仁智宫,李世民和李元吉随同前去,独留太子李建成守长安。等李渊一走,李建成立即让朱焕(huàn)等人偷偷运送甲仗给杨文干,命杨文干迅速起兵,从而里应外合,拿下长安。

朱焕胆战心惊,走到半路还是担心事情泄露,自己会大祸临头,于是直接跑到高祖李渊面前揭发此事。李渊大怒,立即让人召杨文干,又亲自写诏书催促李建成来见他。

得知变故,杨文干索性直接造反了!李建成也别无他法,只好速速赶往行宫。李建成一见李渊就立即磕头认错。李渊将李建成痛骂一番,让左右人拘住了李建成,把他监禁幕下。

再说杨文干造反,宁州顿时被攻陷。李渊连忙召见李世民问他有何计策。李世民答道:"文干竖子,没什么可畏惧的!地方的

7. 谋害李世民

守将,如果不能剿灭叛贼,只要派遣一位将领前往讨伐,自然可以平定。"

李渊立即说:"这件事牵连建成,恐怕没什么人敢响应,不如由你亲自前去。待平贼回来,当立你为太子,罢黜建成为蜀王。"

李世民领命前去宁州。得知李世民走了,李元吉立即贿赂后宫妃嫔们在李渊面前为李建成说好话,又让封德彝花言巧语劝李渊原谅李建成。

如此一来,那高祖李渊居然还真释放了李建成,仍旧让他守着京师长安。后来李世民平乱归来,高祖李渊全然不提之前许诺太子位一事,一国皇帝如此戏言,真是荒谬!见这般情况,李世民也没多言,只是一笑罢了。

自从东突厥主处罗可汗迎纳隋朝萧后及一干人等后,突厥便想要为隋报仇,有意南侵。之后突厥攻打代州,代州都督蔺謩抵抗不住,立即向朝廷告急,请求援助。

李渊收到军情,立马命秦王李世民等人前往。颉(xié)利可汗得知是李世民带军后赶紧让使者前去请和,归还唐朝将领温彦博。此番不费一兵一卒就平息了战乱,秦王李世民声名大噪,也越加让李建成等人嫉恨。

明着动不了李世民,李建成、李元吉二人就想了个毒计。他们假装欢喜地邀请李世民夜宴,却在酒中下毒。李世民哪里知道这两人如此心狠,把酒直接喝了。等回到府中,李世民只觉得猝然心痛,竟是直接咯血数升,毒倒在床上不能起身。

淮安王李神通将这件事告诉了高祖李渊,李渊亲自去李世民府中探望,只是安慰李世民,却不提惩治李建成、李元吉。李渊长叹几声,对李世民说:"我从晋阳起事,能够平定中原,多是世民你出力建功……但看你们兄弟终不相容,又同处京师,相互攻

击,我不忍心。为今之计只好先让你去洛阳。自陕以东的地区,都由你做主,可以建天子旌旗,如汉梁孝王那样。"

李世民勉强受命,休养了几天后,身体稍稍好转,于是召集手下,整顿行装,准备等李渊下了诏令后,前往洛阳。

听闻李世民即将去洛阳的消息,李建成、李元吉私下讨论道:"秦王若至洛阳,大权在手,势必更难控制,不如留住长安。"

于是让人故意在李渊面前进谗言,说是秦王身边的人得知要去洛阳,没有不欣喜欢呼的,恐怕之后不会回来。唐高祖李渊于是又一次失信于李世民。

久久等不到高祖李渊的诏令,李世民心中黯然,知道李渊必定又是听了李建成等人的谗言,自觉孤危起来。

8. 玄武门之变

李建成、李元吉如愿将李世民困在长安后，又准备笼络李世民身边的人，知道尉迟敬德勇武，于是用厚金贿赂，被尉迟敬德拒绝了。李建成知道无法将尉迟敬德收为己有，于是故意诬陷尉迟敬德造反。李渊不问青红皂白竟是要直接杀了尉迟敬德，李世民拖着病体，再三为尉迟敬德求情后，才得以保全。

之后李建成等人又陷害其他人，如此再三！秦王府的僚佐人人自危。程知节被陷害后直接对李世民说："大王的股肱羽翼，若是全都被摧折，大王你如何能久保安全？我誓死不去，还请大王你早做决定。"

李世民很是踌躇。房玄龄与李世民的舅舅长孙无忌是莫逆之交，房玄龄对长孙无忌说："如今秦王与太子嫌隙已成，祸事将至。如果不早点谋划，恐怕祸及社稷。你与秦王乃是至戚，不若劝秦王行周公事，保全家国。存亡安危，正在今日。"

长孙无忌转告李世民，也劝他早做打算，杜如晦等人也都来劝。

就在李世民犹豫不决的时候，突厥又来进犯边境。李建成推荐李元吉带兵北讨，并请调尉迟敬德为先锋。得知消息，尉迟敬德和长孙无忌立即来到李世民府中，说："大王尚不早决，祸在目

前了。"

如此内忧外患,情势逼人,李世民皱眉沉默良久。这时王晊(zhì)面色焦急地进入李世民房内,看见长孙无忌、尉迟敬德也在,他欲言又止,犹犹豫豫地看着李世民,一时不知道该不该说。

李世民起身和王晊走到一旁密谈,王晊将太子、齐王等人的密谋告知李世民后退了出去。李世民脸色凝重,对长孙无忌说:"刚刚王晊来报,说齐王和太子定计,想要在我和太子到昆明池送齐王北行之时,在席前埋伏勇士,置我于死地。到时候太子可入求父皇内禅,齐王立为太弟。"

不等李世民说完,长孙无忌立即说:"先发制人,后发为人制,两句话就可以决定了。"

尉迟敬德也在旁边说:"大王若再不听敬德,敬德不能留居大王左右,束手就戮,请从此辞。"

长孙无忌接着说:"大王如果不听从敬德的话,无忌也当相随同去。"

如此轮番上阵,且形势严峻,迫在眉睫,李世民立即召集府内的官员们共同商议。众人都力劝李世民赶紧行动,李世民这才下定决心,随后同尉迟敬德、长孙无忌、房玄龄、杜如晦等人定计。

傍晚,太史令傅奕上密奏,说太白星在秦地出现,秦王应当得天下。高祖李渊看了密奏后,正好李世民来了,于是将奏折给李世民看。

李世民让高祖屏退了左右的侍从,告密李建成、李元吉淫乱后宫,高祖大惊道:"有这般事吗?"

李世民上前哭诉:"臣儿自问,没有丝毫辜负兄弟的,偏他二人总想要加害于我,说是替世充、建德复仇。臣儿若是枉死,永

8. 玄武门之变

远久别父皇,已是痛事了,况且魂归地下,也愧见诸贼,还乞求父皇恩宥!"

面对李世民的哭诉,高祖李渊很是愕然,又不免觉得欣慰,于是说:"明日当即审问建成二人,你应该早点说。"李世民应声后就离开了。

回到秦王府,李世民立即夜半调兵,命令长孙无忌、尉迟敬德等人带领,前往玄武门埋伏。

第二天清早,张婕妤遣人将李世民密奏的事情告诉李建成、李元吉。得知消息后,李建成仍旧决定入朝探听消息,和李元吉乘马进入玄武门。

李建成和李元吉走到临湖殿的时候,听闻高祖已经召集了裴寂、萧瑀(yǔ)、陈叔达、宇文士及、窦诞等人临朝会审。知道情

形不妙，二人立即勒马掉转方向往回奔，将要驰出玄武门时，忽然听到背后有人叫道："太子、齐王，何故不入朝？"

李元吉回头一看正是李世民，他也不回答，直接取出弓箭，朝着李世民接连射了三箭，都没中。最后一箭被李世民接住，顺势取出弓射向了李建成。李建成毫无防备，直接倒在马下，一命呜呼！

李元吉大骇，自顾不暇也没管李建成，直接往门边逃去，却正碰上尉迟敬德，又连忙掉转方向逃走。李世民正在追赶李元吉，骤然碰到李元吉掉转马头，两人撞在了一起，一同坠落马下。李元吉夺弓射箭，紧要关头，尉迟敬德赶到，击退了李元吉，再一次救下李世民。扶起李世民后，尉迟敬德再次追击。

李元吉想闯入武德殿，找父亲李渊救命，不等他赶到，尉迟敬德的箭已经从后而至，射入了他的咽喉。尉迟敬德割下两人的首级，跑到门前，见张公谨闭关据守，于是询问外面情形，得知东宫和齐王府的军队都去攻打秦王府了。他又急又怒，连忙往秦王府奔驰而去。

此时秦王府已经被两方军队齐齐围困，尉迟敬德被拦，于是他将李建成、李元吉首级高举，大声喊道："奉诏诛此两人，若是你们抗违上命，与两人同罪……"

东宫和齐王府的军队见到两颗血淋淋的首级，都吓得胆战心惊，不等尉迟敬德多说，都各自逃亡去了。

吓退两军后，尉迟敬德又回到玄武门告知李世民情况。李世民问明情由，准备入宫谢罪。尉迟敬德阻止道："且慢！上意尚未可测，容敬德先去探明。"

于是尉迟敬德去了朝堂，正碰到裴寂等人，便将事情告知。裴寂等人素来与秦王李世民交好，朝中大臣也多半信服秦王，决

8. 玄武门之变

定让尉迟敬德先觐见高祖说明实情。

高祖听闻太子和齐王谋反被诛，吓得脸色灰白，忙问裴寂等人："没有想到今日竟然发生此事，后事将如何处置？"

裴寂、萧瑀、陈叔达等人立即说："秦王功盖天下，内外归心，陛下正当乘着事变，立秦王为太子，委以军国重务。陛下可以垂拱而治了。"众人都乐得推重秦王，可见李世民人心所向啊。

9. 太宗征突厥

武德九年（626年）六月庚申日，太子、齐王已死，高祖李渊命宇文士及拟诏立李世民为皇太子，国家庶事都由太子处理。

魏徵是太子李建成的洗马（辅佐太子的官员），曾劝李建成早日除掉李世民。李世民知道这件事后把他叫了过来，见魏徵只是作揖，却不跪拜，李世民更怒，呵斥道："你为什么故意离间我兄弟？"

魏徵毫无惧色，坦然地说："先太子若听我言，何至于今日被诛杀？从前管仲为子纠的臣子，曾经射齐桓中钩，人各为其主，为什么要忌讳呢？"

听魏徵如此直言，李世民转怒为喜，说："魏徵，你可以说是抗直了。"于是李世民让魏徵做了詹事主簿，收为己用。敢言直谏的魏徵后来成了历史留名的谏议大夫。

不久，查出庐江王李瑗曾和李建成密通书信，谋害李世民，于是李世民让通事舍人崔敦礼去幽州召李瑗入朝。

李瑗心虚不安，直接拘禁了崔敦礼，又召北燕州刺史王诜（shēn）一起起兵叛唐，准备让王诜北上，外连突厥。事情还没成，王诜就被王君廓杀死。随后，王君廓又绞死了李瑗，他借此机会升为了幽州都督。

9. 太宗征突厥

幽州平定后，谏议大夫魏徵对李世民说："人心未靖，如果不去安抚慰问，恐怕祸事难解呀。"于是李世民派遣魏徵前往山东宣慰。

武德九年八月，高祖李渊下了内禅诏，自称太上皇，传位给太子李世民。甲子日黎明，李世民朝见高祖李渊，受御宝，随后返回东宫显德殿，南面升座，受文武百官朝贺，派遣左仆射裴寂在南郊祭祀，大赦天下。李世民又册立长孙氏为皇后，长孙皇后自小爱读书，行事都依照礼法，务实勤俭，是一代贤后。

太宗李世民登基不久，伪梁帝梁师都前往突厥，屡次怂恿突厥侵扰唐朝边境。于是颉利、突利两位可汗又一次联合十多万骑兵，侵略泾州。得知消息后，太宗李世民接连下诏戒严，并命尉迟敬德为泾州道行军总管，带兵抵御突厥。尉迟敬德到了泾阳，正与突厥兵相遇。尉迟敬德立即乘着锐气杀了过去，斩了一千多人，突厥兵败而逃。

颉利可汗从间道朝渭水进发，驻兵便桥，派遣心腹执失思力进入长安谒见太宗李世民，从而窥探虚实。

太宗李世民召见执失思力，问他为什么突然进犯唐朝。执失思力找借口说唐朝没有诚意，每年给的金币都没有定数，所以两位可汗才带了百万军队前来请命。

听执失思力说有百万大军，李世民也丝毫不惧，且怒斥道："朕与你们可汗面约和亲，赠遗金帛，从未失信。现在你们可汗自负盟约，引兵入寇，你们无理，而我问心无愧。朕想你们虽然是戎狄，应该也有人心，怎得全忘大恩，还自夸强盛。我看就应该先将你斩首，然后再和你们的可汗交战，看看你们的可汗究竟能不能战胜我军！"李世民这般气势慑人，理正词严，听得执失思力面露惧色，他没有办法，只好叩首谢罪。

萧瑀、封德彝等人入奏道:"两国相争,不斩来使,还请陛下遣还执失思力,以此展示我们大唐的宽容。"

太宗李世民却是摇头,说:"朕若是遣还房使,反而令他越加藐视,益肆凭陵,这岂可轻事纵容?"说完就命人将执失思力拖了出去。

太宗李世民召集禁军,准备抵御突厥,自己更是亲自披着甲胄、骑上马,带着高士廉、房玄龄等人出了玄武门,赶往渭水边。

颉利可汗正等着执失思力归来报告消息,却听手下说唐天子来了!颉利可汗立刻上马出了营地,隔着渭水远远看去,只见对面立着六骑,为首那个盔甲辉煌的正是李世民。

就在颉利可汗惊疑困惑时,太宗李世民已经朗声道:"颉利可汗!朕与你在豳州定约,你曾盟誓说不再相犯。但近年你屡次负约,朕正要兴师问罪,你却引兵深入,莫非是前来送死吗?"

说到这里,太宗李世民又扬鞭指着空中说:"天日在上,我国并不负可汗,可汗独负我国,负我就是负天,试问可汗能禁得起吗?"

颉利可汗听得心惊胆战,他随身带着的兵士,向来信奉鬼神,见李世民威风凛凛,像是天命所归,更是惊恐,连忙下马罗拜。

不久,鼓声震天动地,旌旗遮天蔽日,唐军接踵而至,排成长阵,很是煊赫威风。颉利可汗被吓得面如土色,心想这唐军是马上要开打了吗?这如何打得过?吓得他直接跑回营地,静守不出。

颉利可汗退去后,太宗李世民仍旧驻马待着,萧瑀担心太宗轻敌,于是进谏请太宗还朝。李世民道:"朕已经深思熟虑,爱卿不知道,那突厥敢倾尽全国之力前来,直抵郊甸,不过是觉得我国内有难。朕刚继位,不遑与他争锋,我若是示以怯弱,闭城自

9. 太宗征突厥

固,他必纵兵大掠,不可再一次控制。朕为此轻骑独出,从容以示,又特地张皇六师,做出必战的样子。他们先是被我的气势震慑,后来又被我的军威惊住,而且又是深入我朝腹地,必定有戒心。因此再与他作战,必定能将其打败。制服突厥,就在此一举,爱卿且看着,那贼军已经无能为力了。"

果然,不久就有突厥使臣渡过渭水前来向太宗李世民求和。

第二天,太宗李世民与颉利可汗在便桥会面,白马为牲,歃血立约。盟约签订后,彼此退兵,太宗这才将执失思力放了。随后,颉利可汗进献三千匹马,万只羊,太宗李世民没有接受,并敕令他归还掠夺的人口。太宗还让诸卫将士在殿廷习箭,亲自考校,不过数年,全部训练成了精锐。

10. 贞观之治

太宗李世民修订旧制，诏定次年为贞观元年（627年），并立李承乾为皇太子，召张元素为侍御史，升张蕴古为大理丞，虚衷纳谏，励精图治。

贞观元年，泾州急报，燕郡王李艺造反，占了豳州，豳州刺史赵慈皓暗中遣人急奔朝廷上奏。收到急奏后，太宗李世民命长孙无忌、尉迟敬德二人统兵前往征讨李艺。不等朝廷军队赶到，李艺已经被杨岌（jí）召集的州军击溃，在投奔突厥的途中更是直接被手下杀死。随后，幽州都督王君廓因为不守法度被召入京，到了渭南后杀死驿吏，后来又在逃亡突厥的途中被郊外野民杀了。

王君廓被杀，太宗李世民顾念他先前平庐江王有功，想加恤其家人。御史大臣温彦博听闻后，立即上奏说王君廓乃是叛臣，不宜沿食封邑。太宗听后就将王君廓废为庶人。

太宗李世民知人善任，从谏如流，只要是中书门下和三品以上官员，入阁议事一定让谏官跟着，有不妥当的时候谏官就立即进谏。还让五品以上的京官轮流在中书内省值班休息，李世民每次召见他们都会询问民间百姓的疾苦、朝政的得失情况。李世民还下诏让朝廷大臣举荐贤能之人，大臣们都争相举荐。

太宗为人宽宏大度，格外器重魏徵，曾将魏徵带入卧室，向

10. 贞观之治

他询问国家大事，并让魏徵直言不讳，不要隐瞒。魏徵感怀太宗李世民的知遇之恩，也是知无不言，言无不尽。

一天，太宗召集群臣一起论事，魏徵也在旁边。太宗问魏徵："人主如何为明，如何为暗？"

魏徵对答道："兼听则明，偏听则暗。"并谈到尧舜广纳众人言论所以对天下事了然于胸，而秦二世偏信赵高、梁武帝偏信朱异、隋炀帝偏信虞世基，他们都被蒙骗得非危即亡。魏徵还嘱咐唐太宗一定要兼听广纳，使下情上达。太宗李世民听后也点头说好，两人相谈甚欢。

有一次，太宗李世民得了一只格外漂亮的鹞，他十分喜欢，处理政务时都忍不住放在手臂上赏玩。忽然，魏徵进来上奏，太宗李世民连忙将鹞藏匿在怀中。魏徵看到了却假装没有发现，故意絮絮叨叨地说了好久。魏徵离开后，太宗李世民才从怀中取出

鹞,却发现鹞已经被闷死了。

之后,太宗想要去南山玩,却迟迟没有动身,魏徵问道:"臣听说陛下想要去南山巡游,已经整装待发了,为什么迟迟不行呢?"

太宗笑了,说:"之前原本是有此意,但担心爱卿你或许会来劝阻,于是中止了。"

魏徵立即下拜,说:"臣怎敢挟制陛下,只不过是职责要求,一定要有言必发。陛下能爱惜物力,克制自己的私欲,这天下也就没什么可以忧虑的了!"

从太宗李世民与魏徵的相处中,不难看出太宗心胸开阔、善于纳谏,的确是一位明君。

太宗李世民想让祖孝孙教宫女们雅乐,祖孝孙没有答应,李世民就责罚了他。侍中王珪邀请温彦博一起劝谏太宗,说:"祖孝孙是雅士,陛下让他教宫人,又加责罚,这不合适。"

太宗生气地说:"爱卿应当竭忠事朕,为什么要为孝孙做说客呢?"

温彦博见太宗不听,就摘下官帽,跪拜谢罪。王珪不拜继续劝,太宗还是沉默不答,王珪无奈退下,温彦博也跟着走了。

第二天,太宗上朝对房玄龄说:"从古帝王纳谏,原是难事。朕昨责二卿,今天已经自悔,爱卿等人勿要为此不尽言哪!"

太宗继而任用房玄龄、杜如晦为仆射,魏徵守秘书监,参与朝政。房玄龄善谋,杜如晦善断,太宗每与房玄龄商量事情,必定召见杜如晦问他是否可行,杜如晦也往往都会请太宗按照房玄龄说的做。

房玄龄、杜如晦两个人可以说是太宗治理朝政的左膀右臂了,也是历史留名的贤相。魏徵直言敢谏,事必尽忠,是太宗的镜子,

10. 贞观之治

太宗感叹道:"以铜为镜,可正衣冠;以古为镜,可见兴替;以人为镜,可知得失。朕常保此三镜,以防己过。"

自贞观元年(627年)到四年(630年),唐朝可以说是大治。一年的死囚犯只有二十九人,几乎让刑部无事可做,可见社会安稳。米价也不过三钱一斗,东至东海,南至五岭,皆是外出可不闭门户,百姓丰衣足食,自在安闲。史书上极力称赞贞观年间海宇又安,中外恬谧,并不是虚传。

 唐 | **11. 长孙皇后崩逝**

因为民少吏多，太宗李世民定议裁并，将中国分为十道：关内道、河南道、河东道、河北道、山南道、陇右道、淮南道、江南道、剑南道、岭南道。十道既定，即分疆设置防守。中原地区只有朔方仍旧被梁师都占据，没有平定。太宗李世民派遣右卫大将军柴绍及薛万均带军前往朔方征讨梁师都。

梁师都向突厥求助，颉利可汗发兵救援，被柴绍军击败。薛万均、薛万彻与突厥兵相遇，奋力攻击，杀死突厥将领。突厥军被击溃后，竟直接引兵回国。梁师都孤立无助，被困朔方城，后来被自己的堂弟梁洛仁刺杀，梁洛仁举城投降。

颉利可汗可谓是屡战屡败，突厥内部渐渐乱了起来，薛延陀诸部落叛了颉利各自为政。颉利可汗命突利可汗率军追击薛延陀等人，却接连战败。颉利气愤不已，对突利厉声责骂，加以鞭答，将他幽禁了十多天才释放。突利心生怨恨，直接派遣使者进入长安，准备降唐。

听闻突利降了唐朝，颉利可汗暴怒，立即发兵攻打，突利又派使者去长安求助。唐太宗于是召集群臣商议，"朕与突利为兄弟，现在他急求于我，我不能不救。可是我与颉利也结盟了，现在进退两难，大家觉得该怎么办呢？"

11. 长孙皇后崩逝

杜如晦首先说:"臣觉得可以帮突利去打颉利,陛下不必过虑,戎狄本就没有什么信义,迟早也会毁约的。现在有机可乘,应该赶紧下决断,快快发兵,先发制人!"

唐太宗听完拍手称好,但还是觉得这件事急不得,于是让士兵们整装待发,先看看情况再说。没想到颉利竟然主动打了过来,大臣们就上奏说要修筑长城堡垒,阻碍对方的进攻。

唐太宗听了有些不屑地说:"突厥连年发生灾变,颉利竟然不害怕上天的惩罚,反而更加暴虐,甚至骨肉相残,这是自取灭亡。朕正打算扫清沙漠,难道还要让百姓耗费心血去远方修筑长城吗?"

之后,唐太宗开始谋划攻打颉利的事情。太宗李世民派遣使者到了薛延陀部落,册封酋长夷男为可汗,让他往南攻打颉利。夷男被诸部落拥戴,恰逢大唐来使,很是欢迎,对来使礼遇有加,随即叛离了颉利的诸部落都归附了夷男。颉利听闻消息,方才感到惶恐,向唐朝派遣使者表示愿意称臣。唐太宗拒绝了,并在贞观三年(629年)十一月命兵部尚书李靖为行军总管,带兵十余万北征。

贞观四年(630年)仲春,李靖率领三千精兵从马邑进兵,袭破定襄城,颉利可汗仓促奔逃,北征军大捷。

随后李靖接连袭破颉利营帐,颉利往吐谷(yù)浑逃亡,后被抓,从此东突厥灭亡,其余众人要么往西投奔西突厥,要么往北依附薛延陀部落。

东突厥被平定,其余部落都推太宗为天可汗。随后高昌王降唐称臣入朝,林邑、新罗也来入贡,唐朝威震中外。朝臣们以太宗功高,请他东巡封禅,只有魏徵入朝谏阻。正碰到河南北数地大水,太宗就将东巡的事情搁下了。

047

贞观八年（634年）冬季，吐谷浑伏允可汗进犯凉州，太宗诏令李靖为西海道行军大总管，带领军队征讨且击溃了吐谷浑。

李靖征讨吐谷浑时，太上皇李渊一病不起，在垂拱殿归天，享年七十一岁。太宗李世民因为守孝，不方便上朝，于是让皇太子李承乾暂行上朝听政。

贞观九年（635年）五月，太上皇李渊葬在献陵，庙号高祖，谥曰大武。随后不久，长孙皇后突然重病缠身，一日比一日严重。太宗李世民心不能安，让太子李承乾日夜侍候。

看着长孙皇后逐渐憔悴，李承乾想请太宗大赦，为长孙皇后祈福，并且请方士进宫禳灾。长孙皇后呵斥禁止道："死生有命！并非人力可以挽回，若是修福果可延年，我生平并未为恶，倘若行善无效，我又有什么好求的呢？况且赦令关系国家重典，佛老乃是远方异教，都是皇上所不愿的，怎么能因为我乱了天下法

11. 长孙皇后崩逝

令?"太宗知道后,准备特颁赦令,仍旧被长孙皇后请停。

临终前,长孙皇后与太宗诀别,呜咽陈情道:"玄龄久事陛下,小心谨慎,不愧忠良,若非大故,幸勿轻弃……"

长孙皇后当真是贤后,临终前也不忘劝谏太宗。长孙皇后气息渐弱,握住太宗的手,情深意切地说:"此后陛下为政,能亲君子,远小人,纳忠谏,屏谗慝,省劳役,止游畋,妾虽死无恨了。"听得太宗潸然泪下,哽咽不能语,只好频频点头。一日后,长孙皇后崩逝,年仅三十六岁。

太宗怀念长孙皇后,对太子李承乾、魏王李泰、晋王李治格外钟爱。魏王李泰礼贤下士善于文辞,太宗李世民很是宠爱,并让王珪做魏王的师傅。其余诸子如吴王李恪、齐王李祐等人都被分任各州。

贞观十一年（637年）七月，大雨连下十多天，洛水四溢，流入洛阳宫，官寺民居都被大水冲毁，溺死六千多人。太宗诏令赈灾，并命百官上疏，极言过失。魏徵上十思疏，第二年又上十渐疏，劝谏太宗。

太宗喜欢美人，后宫妃嫔不可胜数。太宗听闻光禄大夫应国公武士彟的二女儿十分貌美，于是派遣使者前去召见。武母杨氏骤然接到敕令不禁哭泣，而那武家二女儿却谈笑自若，并且劝慰自己母亲："女得往见天子，安知非福？奈何先自悲泣呢？"

贞观十二年（638年），武氏女进京，入宫谒见太宗李世民。芙蓉如面柳如眉，太宗见武氏不仅貌美，而且举止从容，很是喜欢，收入后宫，当晚召她侍寝。早晨起来，太宗李世民见武氏柔媚动人，令人心醉，当真越看越爱，于是赐名媚娘，并下诏册封武媚娘为才人。

唐 12. 立储李治

皇太子李承乾得立为太子后,起初因为年纪尚小,没有什么过失,等到年纪渐长,就开始游猎废学。等长孙皇后去世,太子李承乾的胞弟魏王李泰,夺嫡的心思越来越明显。李承乾知道后很是愤怒,越来越焦躁,对身边的臣子也越来越没耐心。

太子喜欢游猎,身边的人屡次劝谏他都不听。于志宁是东宫的官员,他看到太子宠溺宦官,整日沉迷声色,奢靡享乐,几乎将学业彻底荒废了,于是上书劝谏,接连说了几次,说得太子李承乾很是反感,加上身边佞臣怂恿,李承乾直接让刺客张师政、纥干承基去刺杀于志宁。两人见于志宁极其清贫,不禁良心发现,就没动手,后来李承乾忙着别的事就将于志宁抛在脑后。

魏王李泰也想当太子,趁着太子失德的时候,就召集文士著了一本地志,呈给太宗李世民看。

书写得很好,太宗看了很是欣慰,对魏王李泰更加宠爱,给他的待遇直接超过了太子。因为违背礼制,谏议大夫褚遂良赶紧上疏劝谏。太宗李世民反而误会了他的意思,还以为是太子的月给过轻,于是下了一道诏谕,让太子随意取用物资。当真是溺爱!

得了诏谕,太子李承乾越加铺张浪费。东宫官员张玄素上书

劝谏太子勤俭爱民，仍旧不被理睬。

太宗李世民又让魏徵做太子太师，当时魏徵已经垂垂老矣，病卧在床，可以说是没有心力教导太子了。

魏徵以病体无法上任为由坚持不肯就任，唐太宗也知道他的确是病重了，就写了一封手诏，告诉魏徵说："从前的周幽王和晋献公都是因为废嫡立庶，所以才导致国家危亡。汉高祖也差点废掉太子，幸好商山四皓出来阻拦。你就是朕的商山四皓中的一人啊，希望你别再推辞了。就算你现在病重，也可以替我守在太子身边，让我稍稍放心。"

魏徵看完手诏，唐太宗言语恳切，自然是没办法再推辞，勉强接受了太子东宫的官职。无奈年迈体弱，死期将至，渐渐地已经卧床不起了。

唐太宗听说后，屡屡给魏徵赐药，还带着公主去探病，指着公主对魏徵说："朕打算把公主嫁给你的儿子，你能不能起身看看她呢？"

魏徵已经病得没办法再起身了，只能流着眼泪答谢，唐太宗也跟着哭了起来。

那天，等公主回到了宫中，晚上梦见魏徵入朝来辞别，醒来觉得这个梦不是个好兆头，等待天明，就听说了魏徵已经去世的消息。太宗李世民听闻消息，亲自前往。太宗看见魏徵棺椁，忍不住失声悲号，之后更是对侍臣说："徵殁，朕亡一镜了。"

魏徵死，太子失去了一大助力，又因为太宗对魏王李泰十分喜爱，太子李承乾对此十分不满，想着李泰明明有意夺自己的太子之位，父皇还这么宠爱他，更加怨憎，于是让人去刺杀李泰，却没有得手。之后又与侯君集、汉王李元昌等人结党营私，蠢蠢欲动。那汉王李元昌更是直接教唆太子李承乾弑父弑君，于是李

12. 立储李治

承乾有了造反的心思。

忽内廷传出急诏,让兵部尚书李世勣(jì)带兵疾速赶往齐州平定叛乱。太子李承乾听到消息后竟然对纥干承基说:"齐王祐也想造反吗?他欲造反,何不与我连谋?我宫西墙去大内,不过二十步,早晚都可以行事。"

不久,齐州被平定,太宗李世民处死了齐王李祐等人。纥干承基因为与齐王有联系,也被抓了,为了求生,纥干承基将太子李承乾逆谋的事情全都告诉了刑部。

太宗李世民得知太子要谋逆的消息后脸色顿变,立即下令让长孙无忌、房玄龄、萧瑀、李世勣四人和大理、中书、门下的官员们一起调查。最终查出太子果真准备造反,太宗立即召李承乾入宫,当面呵斥责骂。

李承乾磕头说道:"儿臣已经是太子了,还有什么所求的?只

是魏王李泰的图谋让儿臣很不甘心,又被廷臣怂恿,所以一时没了理智。儿臣愿意认罪,只不过如果李泰被立为了太子,那儿臣就是死了,也不甘心啊!"太宗一听,更是怒上加怒,却也不忍心将太子李承乾处死了,于是废李承乾为庶人,幽禁在右领军府中。汉王李元昌、侯君集、李安俨等人全被问罪。

自从太子李承乾被废,魏王李泰常常进宫侍候在太宗身边,嘘寒问暖格外尽孝。毫无疑问这是想做太子了。中书侍郎岑文本等人劝太宗李世民立李泰为太子,独长孙无忌请立晋王李治,太宗没有直接回复。

魏王李泰知道太宗在自己和胞弟晋王李治之间犹豫后,直接去找李治,并对他说:"你和皇叔李元昌关系很好,现在皇叔谋事失败被杀,你难道不会因此被波及吗?"

晋王李治心思纯良,听李泰这么说不免满面忧容,很是不安。太宗见到了问他为什么这么忧愁,李治如实说了,太宗李世民这才明白了魏王李泰的处心积虑,知道若是当真立了魏王李泰为太子,到时候李泰无道,又会引起藩王的野心,天下再乱,况且李泰一旦继位,李治等人绝对保不住性命,于是决定立晋王李治为太子。

当时太子李治只有十六岁,太宗李世民将他带在身边亲自教导。每当吃饭时太宗都会告诫太子粮食得之不易,要爱惜民力物力;见到太子骑马,又和他说马很劳苦,不让马力竭,才能常乘马,这也是教他御人的道理;也经常教导太子"木从绳则正,后从谏则圣",要善于纳谏。一次太子乘舟,太宗有感而发道:"水能载舟,亦能覆舟,民犹水,君犹舟,不可不慎。"太子唯唯听命,未尝发言。

# 13. 太宗征高丽

贞观十七年（643年）秋季，新罗国派遣使者请唐太宗发兵讨伐高丽。高丽位于中国的东方，也就是现在的朝鲜半岛，在唐朝时分为三个国家，东北是高丽，南边是百济，而百济的东南就是新罗。唐朝刚成立时，兵力强大，这三个国家都派遣使者入贡，但相互之间仍旧战争不断。

恰逢新罗王真平死了，他唯一的女儿善德继承了王位，而泉盖苏文杀死了高丽王建武，把持朝政，并与百济和亲，一起攻击新罗国。新罗女王善德急得不得了，连忙向唐朝求救。太宗先是派遣使者去高丽国让泉盖苏文罢兵，被拒绝后，太宗召集文武百官准备派兵攻打高丽，褚遂良上奏劝阻，但没有被采纳。

太宗决定亲征高丽，造了四百艘船用来载运军资，并让营州都督张俭等人从幽州、营州发兵，和契丹等部众一起准备先打辽东。太宗查得隋朝刺史郑元璹（shú）曾经跟从隋炀帝一起东征，料他熟悉高丽情形，于是召他过来询问兵事。

郑元璹说辽东路远，粮草运输很是困难，而高丽人又很擅长守城，很难攻入，劝谏太宗不要发兵。

太宗李世民仍旧决定攻打高丽，命刑部尚书张亮为平壤道行军大总管，带江、淮等地区的四万士兵，从莱州走水路到平壤；

又派太子詹事李世勣为辽东道行军大总管,率领步、骑兵六万,向辽东进军。太宗自己则是率领军队从洛阳出发,渡过辽水,直接抵达盖平城下,并下诏让太子李治监国,房玄龄留守长安,萧瑀留守洛阳。

李世勣带兵直入盖平城,一举攻下。张亮率舟师渡海,袭击卑沙城,夜登西门,砍死守卒数十人。捷报传来,太宗继续东行直接抵达辽东城下与李世勣会合,从而围攻辽东城。

当时,南风渐起,太宗让将士登冲竿,借着风势纵火焚毁城楼,将士乘势登入城楼,拿下辽东城。太宗改辽东城为辽州,之后进攻白岩城,大破前来援救的高丽乌骨城主,援兵败退,白岩城主投降唐朝。太宗临水设幄,改白岩城为岩州后,带兵继续进攻安市城。

高丽将领高延寿、高惠真率兵十五万援救安市城。太宗李世民对将士们说:"高延寿若是引兵直前,连城为垒,占据险地储蓄粮食,然后掠我牛马,将我军围困,乃为上策。上策不行,把安市城内的兵民一律迁去,乘夜潜遁,尚不失为中策。但若是自不量力,想要与我军直接相搏,乃是下策。朕料定他高延寿必出下策,卿等看着!延寿等人必定被我所擒。"行军打仗,知己知彼方能百战百胜。

之后,探马来报,那高延寿等人果真如太宗李世民所料想的一样,直接带军横冲直撞地打过来了,此时离安市城只有四十里。太宗担忧高延寿在中途逗留,于是又设法诱敌速来。见高延寿大意轻敌上了当直接奔杀过来后,太宗李世民立即命李世勣率步骑兵五千人,在西岭列阵等待,又让长孙无忌率领精兵绕到敌军后面,自己则是在北山设下埋伏。这般前后夹击、中途伏击,将高延寿打得溃不成军。白袍将领薛仁贵,奋勇杀敌,锐不可当,太

13. 太宗征高丽

宗李世民很是欣赏。

时至初冬,辽东地区甚是寒冷,枯草连天水冻成冰,将士们都不适应,再加上粮食即将耗尽,太宗只好班师回朝。

此次太宗李世民东征高丽,攻破十座城池,辽、盖、岩三座城池的户口全都转入中国,共七万人,前后三次大战,大挫高丽。

贞观二十年(646年)仲夏,高丽王高藏和莫离支盖苏文派遣使者来唐朝谢罪,太宗拒绝了,准备再次东征,却碰到西北方的薛延陀部落一再侵略边境。当时薛延陀真珠可汗已死,拔灼杀死曳莽,自立为可汗,趁着太宗李世民东征未归,想乘虚攻打河南。

太宗于是将东征放下,让大军直接攻打薛延陀部落,一举就击败了薛延陀。回纥等十一姓立即投降了唐朝,铁勒等部落也派遣使者入朝,甘愿为臣,更是直接称奴。太宗李世民大喜,作诗"雪耻酬百王,除凶传千古"赞这盛事。太宗因北荒听命,又想再

征高丽。

贞观二十二年（648年），太宗李世民再次派兵东征高丽，命右卫将军裴行方等人率兵三万，从莱州入海进攻高丽。薛万彻渡过鸭绿江，击破高丽戍边军队。

唐朝僧人玄奘前往天竺求取佛经归来，带着天竺使者入朝觐见太宗李世民，之后太宗派遣王玄策西行天竺。王玄策奉命西行时，当时接待玄奘的天竺国王尸罗逸多已经去世，国内大乱，于是王玄策被袭。

吐蕃赞普弄赞（即松赞干布，唐朝宗室女李氏被封为文成公主，入藏嫁给松赞干布，联姻吐蕃）听闻后，派兵救援唐朝使者。王玄策下檄文召令周围部落讨伐天竺，大败天竺军后王玄策重回长安，将俘虏的阿罗那顺等人献给太宗李世民。

 **14. 太宗驾崩**

贞观二十三年（649年）春，太宗李世民派遣右骁卫郎将高侃征发回纥、仆骨各部番众，去征讨突厥车鼻可汗。车鼻可汗因唐朝击败薛延陀，从而声势渐起，捡了个大便宜，于是让儿子沙钵罗特勒入贡唐朝。太宗遣还沙钵罗，令将军郭广敬北往，征车鼻入朝。但车鼻可汗对太宗李世民召见他来长安觐见的意思置若罔闻，于是太宗派兵攻打，再稳北边地区。

春寒还未散尽，太宗突然身体不适，病重到不能起床，于是命皇太子李治在金液门听政。太子听政完毕，来到殿内请安，正巧武媚娘一直侍奉在太宗身边，两人免不得碰面。

此时的武媚娘美貌依旧，甚至比初入宫时更加婀娜多姿。见太子李治前来问安，武媚娘袅袅婷婷地移到榻前向太子行礼，轻轻柔柔的一句"殿下"让李治心起涟漪，眼若秋水含情波，看得李治心不在焉。

一来二去，两人私下山盟海誓。

后来，太宗已经是病入膏肓，他感到生命将逝，于是安排起身后事来，见一直随侍身侧的武媚娘，忍不住叹问："朕自患痢以来，医药无效，反且加重，看来是大限已至了。你在朕身边侍候多年，朕却不忍心撇下你一个人，你自己想想，朕死后，你该如

何安排?"

武媚娘顿感危机,立即跪下道:"妾蒙圣上隆恩,本该一死报德,但陛下未必不能痊愈,妾亦不敢就这么死了,情愿削发披缁,长斋拜佛,为陛下祈福,拜祝长生,聊报陛下的恩宠。"

太宗允了,并让太子传召长孙无忌、褚遂良进来。

太子听后,只觉晴天霹雳,急急忙忙地跑了出去,让宫监召长孙无忌和褚遂良,自己则是跑到武媚娘的卧室。李治见武媚娘正在收拾,忍不住落泪,呜咽道:"卿竟甘心撇我吗?"

武媚娘亦是梨花带雨、泣不成声,柔柔弱弱地说:"不照这般说,恐妾身要死别了。"随即又说:"殿下果肯念妾,妾愿留身以待,所以甘作比丘。但恐殿下登基后,嫔嫱妃妾,美不胜收,未必再顾及妾了。"说着又是扑簌簌地落泪,又娇又弱,看得太子李治很是心疼,立即发誓必不辜负,又取下腰间的九龙玉佩留给武媚娘。

两人正在互诉衷肠,就听到"万岁爷传宣殿下,请殿下快去应旨!"太子听闻只好匆匆留了一句"后会有期,务宜保重",就急忙赶往太宗寝宫。

太宗气息奄奄,交代长孙无忌、褚遂良辅佐太子。褚遂良拟好遗诏呈给太宗看,太宗略看过后,就交给了长孙无忌,并握着太子的手,指着太子妃,对长孙无忌、褚遂良说:"今佳儿佳妇,悉以付卿……"

贞观二十三年(649年)五月二十六日,太宗李世民驾崩,八月安葬在昭陵。

回顾太宗五十多年的人生,少年从军,曾前往雁门关解救隋炀帝,眼见天下将乱,推着李渊在晋阳起兵。带兵攻入长安、亲自平定各方割据势力,可谓是战功赫赫。"玄武门之变"后,太宗

14. 太宗驾崩

继位，对内，举贤任能，虚心纳谏，厉行节约，重视民生，使百姓休养生息；对外，开疆拓土，攻灭了东突厥、薛延陀，征服了高昌、龟兹、吐谷浑，后又重创高丽，从而开创了"贞观之治"，当真是千古一帝。

皇太子李治继位，是为唐高宗。第二年将年号改为永徽，立太子妃王氏为皇后，加封褚遂良为河南郡公，和长孙无忌一起辅佐朝政。高宗每天都会召见十名刺史问民生问题，商议兴革事宜，仍有贞观年间的遗风。

唐太宗死后，西突厥阿史那贺鲁突然反叛。高宗派遣左武侯大将军梁建方、右骁卫大将军契苾（bì）何力等人讨伐阿史那贺鲁。

大军已经出发，长安城内却又起了纷乱。驸马房遗爱（房玄龄次子）与高阳公主（唐太宗最喜爱的女儿）连同荆王李元景、

薛万彻、柴令武等人意图谋反。房遗直（房玄龄长子）得知后很是惶恐，立即告诉了长孙无忌。

高宗得知后，逮捕了房遗爱，并让长孙无忌审理这件案子，于是长孙无忌顺水推舟诬陷吴王李恪参与谋反。吴王李恪是太宗第三子，素来贤能，文武双全，太宗曾想立吴王李恪为太子，被长孙无忌极力劝阻。此次房遗爱、高阳公主等人谋反，长孙无忌便借刀杀人，趁机除去了吴王李恪。

15. 武氏夺后

高宗李治登上皇位的第三年，王皇后因为没有儿子，于是和长孙无忌、褚遂良、韩瑗等人商量，请高宗立后宫刘氏的儿子李忠为皇太子，并归给王皇后抚养。萧淑妃十分貌美，很得高宗李治的宠爱，高宗爱屋及乌，对萧淑妃生的儿子李素节也很喜欢，并将他封为雍王。

因萧淑妃受宠，王皇后十分忌妒，便在高宗面前说萧淑妃的坏话。萧淑妃备受宠爱，自然也不是忍气吞声的性子，得知后立即缠着高宗告状，让高宗左右为难，忍不住又想起了出家为尼的武媚娘。

当时，高宗已经服满三年孝，太宗忌日那天他便亲自前往佛寺行香。得知高宗驾到，武媚娘连忙梳洗打扮，出门迎驾。高宗和武媚娘默默相望，只见武媚娘仍旧是芙蓉如面柳如眉，一身素衣更让她可怜可爱，看得高宗情不自胜，忍不住想起两人的海誓山盟，又是一番倾诉衷肠。高宗回宫后仍旧记挂着武媚娘，王皇后得知后撺掇高宗尽快将武媚娘接进宫里，希望分一分萧淑妃的宠爱。

高宗原本就有这个想法，看王皇后不仅不反对，还十分支持，更是喜得将武媚娘纳入了后宫。武媚娘初入高宗后宫的时候对王

皇后很是恭敬,王皇后想要借她打压萧淑妃,于是自然对武媚娘很是和善,常常在高宗面前说她的好话,高宗于是将武媚娘封为昭仪。

高宗得偿夙愿,将心心念念的武媚娘纳为己有,自然是欢喜得很,几乎日日独宠武媚娘,直接冷落了萧淑妃。

看到这个情景,王皇后很得意。终于扳倒了在自己面前耀武扬威的萧淑妃,王皇后别提多满意了,却不知武媚娘并非寻常女子,区区一个昭仪的位子哪能让她满足。王皇后气性大,更不会管理宫人,而武媚娘工于心计,是个心思缜密、眼界非同一般的女人。于是武媚娘趁机收拢人心,宫人见武媚娘几乎独宠后宫,也乐得倒戈。

永徽五年(654年)闰四月,高宗在九成宫游玩,夜间突然遭逢大雨,郎将薛仁贵立即登门上横木,大声疾呼洪水来了。宫内

15. 武氏夺后

瞬间乱了起来，高宗这才惊醒，随即到高处避水。

随后，恒州又发大水。当时武媚娘怀有身孕，随即生下了一个女儿，见不是儿子，武媚娘很是失望。高宗李治虽然十分宠爱武媚娘，但当时完全没有废掉王皇后的念头，毕竟王皇后是太宗李世民钦定的，长孙无忌、褚遂良等朝廷重臣也都拥立王皇后。

萧淑妃被彻底打压下去后，武媚娘和王皇后之间也渐渐有了矛盾。但小公主出生，作为皇后，宫中所有的孩子都要称她为母，王皇后也不得不前来探视。武媚娘听人通报王皇后来了，她看了看床上的女儿，心思一转，急忙叫来宫女嘱咐几句，自己则是躲避在侧室，并不露面。

王皇后进入西宫，只有一众宫女出来迎接，便问起了武媚娘，宫女依照武媚娘的吩咐回答，说武媚娘去御花园采花了，王皇后也没多想，就随便坐了坐。突然听到床上有小孩的哭闹声，王皇后就走到床边，见那小公主甚是可爱，也忍不住抱起来轻声哄着，小公主于是改哭为笑，又睡了过去。见小公主睡着了，王皇后才将她放下，盖好被子，又因为迟迟没有等来武媚娘，于是就出了西宫。

等宫人通报王皇后已经离开，武媚娘这才露面，挥退宫人后，狠下心肠亲手扼死女儿。

武媚娘将被子盖在小公主身上，仍是先前那般盖法。高宗退朝后总是喜欢去找武媚娘，这一天退朝后他又来到武媚娘处，武媚娘早已拈花等待许久，迎着高宗入了寝宫。

高宗看着武媚娘手里的鲜花，笑着说："美人喜欢鲜花，但若是用花来和你做比较，朕觉得花没有你美。"

武媚娘听了嗔怪起来，"陛下这话，妾哪当得起呀？"

高宗笑笑没说话，看了一眼寝宫的内室，问道："女儿还在睡

觉吗？"

"睡了好一会了，现在应该醒了吧？"说完，武媚娘让侍女去把孩子抱出来，过了好久侍女都没出来，武媚娘催促道："怎么还没抱出来？难道还在熟睡吗？"

武媚娘亲自去内室抱孩子，刚一看到孩子，立刻号哭起来，高宗赶紧跑过去看，发现孩子已经死掉了。

武媚娘哭着问侍女："我刚刚去御花园采花，不过才一会儿，好好的婴孩怎么忽然就被闷死了？是不是你们对孩子下的手？我和你们有什么仇恨？"

几个侍女吓得赶紧跪下，齐齐说不敢。

武媚娘又说道："要不是你们，难道是鬼做的吗？"

侍女忽然想起王皇后来过，急忙说："刚刚皇后来过，她看了一会儿婴孩，歇了歇就走了。"

于是武媚娘更是大哭，哀声怨恨王皇后竟然如此心狠。高宗原本并不相信王皇后会干出这样的事，但心尖上的人如此痛哭，又很是犹豫。武媚娘吃准了高宗犹豫柔弱的性子，又是一番哭诉，高宗随即大怒，彻底相信是王皇后害死了公主，于是有了废后的心思。

既然说动高宗起了废后心思，武媚娘立即趁热打铁，当日黄昏时就同高宗一起去了长孙无忌的府中，希望这个高宗的亲舅舅、太宗留下的重臣能成为她的助力，然而长孙无忌却没有正面应承。

第二天，武媚娘又让宫监给长孙无忌送去无数金银珠宝。礼部尚书许敬宗也找长孙无忌谈话，劝他迎合上意。长孙无忌没听，于是两人有了嫌隙。

不久，武媚娘又怀有身孕，生下了第一个儿子李弘。有了儿子，武媚娘更多了一重把握，便构陷王皇后用巫蛊诅咒高宗。武

15. 武氏夺后

媚娘买通宫中侍女，让她们准备一个木偶，上面写着高宗的名字，以及他的出生年月日，然后用铁钉戳住，悄悄地埋在王皇后的床底下，之后再偷偷告诉高宗，王皇后诅咒他。

高宗听了，当下进入后宫，命令内侍将王皇后的床推倒，挖地三尺，果然挖出了一个木偶。

高宗气得吹胡子瞪眼，怒问道："这是什么？"

王皇后哪里知道这个东西，只是吓得瑟瑟发抖，跪着讨饶："妾真的不知道此事，请陛下明察。"

"人赃俱在，在你的床底下挖出来的，还能是别人的吗？"高宗大怒道。

王皇后哭着说："妾侍奉陛下这么多年，一直尽心尽力，陛下应该知道妾是个怎样的人，难道无缘无故要谋害陛下吗？"

高宗根本听不进去，也不理睬王皇后的辩解，拿着木偶就去找武媚娘。武媚娘见高宗气得吹胡子瞪眼，反而欲擒故纵起来，让高宗消消气。高宗一想到前次小公主的事情，再看看手中的木偶，更加坚定了废黜皇后的想法。

长安令裴行俭察觉到高宗想要废黜皇后，就去找长孙无忌，问道："听说皇上将要废黜皇后，改立武昭仪，有这事吗？"

长孙无忌皱眉说："确实有这事。"

"太尉您得为了国家争一争，不能让这个武昭仪上位，否则大家都大祸临头了。"

"我也想争，可是没用啊，你们说怎么办？"

几个人说了半天，商议出一个结果，只等次日早朝跟高宗挑明。到了第二天，裴行俭就被贬了。长孙无忌等人正等待上朝，听说裴行俭被贬了，个个唉声叹气。

长孙无忌在百官中找了半天，没找到李世勣，正问旁人他怎

么没来,上朝的钟声响起,百官于是入朝。

面对高宗,褚遂良跪奏道:"陛下如果要重新立后,也不应该选武昭仪,武昭仪先前曾服侍先帝,若是立她为后,岂不是让天下人耻笑?如果陛下执意这么干,那老臣只能乞归故里了。"

高宗听完,勃然大怒,令左右将他拉出去,谁知道这时大殿内竟然响起武媚娘的声音,"将他杀了算了"。

此话一出,众位大臣心下一惊,长孙无忌急忙劝阻说:"褚遂良是顾命大臣,就算是有罪也不能施刑。"其他大臣也哭着劝谏起来,高宗烦不胜烦,摆摆手示意退朝。

当夜,高宗召李世勣进宫,问他怎么办。

李世勣从容答道:"这是陛下的家事,不用问外人。"

高宗听了很满意,"爱卿说的对,朕也早就想好了怎么办。"

 唐 　16. 武氏干政

褚遂良被贬，抑郁成疾，不久就去世了。

永徽六年（655年），武媚娘成功扳倒王皇后，当上了皇后。武媚娘又因为先前长孙无忌等朝廷重臣对她有妨碍，于是暗中命令许敬宗等人构陷长孙无忌等人。

恰逢太子洗马韦季方与监察御史李巢犯了罪，因为太子是长孙无忌、褚遂良、韩瑗等人一起拥立的，许敬宗立即抓住机会威逼利诱韦季方诬陷长孙无忌谋反，并上奏高宗。

高宗因为朝政大事多被太宗留下的元老们以及一干世族掣肘，很多事情都不能随着他的心意去做，现在罢黜了褚遂良，韩瑗倒好处理，只是亲舅舅长孙无忌让他多有顾忌。听到许敬宗上奏长孙无忌谋反，高宗明知许敬宗、李世勣因立武媚娘为后一事与长孙无忌等人有了嫌隙，也仍然让他们等人彻查。

许敬宗、李世勣捏造罪证诬陷长孙无忌谋反，长孙无忌被贬黔州，随即被逼自杀。长孙无忌一死，开国元老们大都被牵连并彻底被打压，韩瑗等人或贬或杀，凌烟阁二十四功臣只剩下李世勣一人。从此以后，高宗李治在政治上不再受制于人，一切都由自己主张。

随后，武媚娘、许敬宗等又污蔑梁王李忠逆谋。梁王被废为

庶人，禁锢在黔州先前李承乾被废后居住的旧宅。

武媚娘常做噩梦，梦见废后王氏和萧淑妃，于是让道士郭行真进宫驱除邪祟。宦官王伏胜将这件事告诉了高宗。

武媚娘当了皇后后，不像以往那样谦逊恭柔，越发骄恣专横，显露出了原本的强势和心狠，并且逐渐干预朝政，一边排除异己，为自己的政治道路扫清障碍；一边又组织力量，培养自己的势力。种种作为引起了高宗的不满，在得知武媚娘召道士入宫的事情后，高宗有了废后的心思，于是召见侍郎上官仪，与他商量废后的相关事宜，并让上官仪拟了废后的草诏。

武媚娘得知消息立即匆匆赶到，见到废后草诏，不依不饶、又哭又闹。高宗见她如此姿态又不忍心了，于是把废后的意见统统推到上官仪身上。

武媚娘与高宗闹了一回，立即嘱咐许敬宗上奏诬陷上官仪与

16. 武氏干政

王伏胜串通李忠密谋造反。高宗此时已经没了主意,更担心得罪武氏,只好下旨将废太子李忠赐死。上官仪和王伏胜也被下狱论斩,又牵连了好几十人。从此军国大权全归武氏掌握。

显庆五年(660年),高丽和百济再次联合攻打新罗边境,新罗王金春秋(新罗女王真德的义兄)上表请求唐朝救援。高宗派遣营州都督程名振和右领军中郎将薛仁贵前往讨伐高丽。高丽军败退,唐朝军队班师回朝。

不久,高丽又侵扰新罗国,新罗王再次乞求救援,高宗命苏定方为神丘道行军大总管和左骁卫将军刘伯英等人率兵十万水陆齐进,讨伐百济。

苏定方很快就平定了百济,百济旧有五部,分统三十七郡二百城,现在全都归了唐朝。苏定方于是押住义慈父子,还献唐廷。

后来,高宗改元龙朔。龙朔元年(661年),铁勒诸部归顺唐朝后又纠集仆骨、同罗两部落侵犯唐朝边境。高宗命左武卫大将军郑仁泰为铁勒道行军大总管,和左武卫将军薛仁贵、燕然都护刘审礼等人率兵前去讨伐回纥。

当时薛仁贵带着数十骑当先开路,正遇上回纥部众。薛仁贵并不慌乱,大声道:"来骑慢着!看本将军的箭法。"话还没说完,薛仁贵已经张弓搭箭,一箭射中来骑前驱,撞倒马下,一命呜呼。

薛仁贵趁众人愣住,又大声呼道:"来骑防着!看本将军的第二箭!"随即又将第二人射下。接着射出第三箭,等三箭射完,后面的唐朝大军也追上来了,直接将敌军击溃,大胜铁勒诸部落。

高宗于664年改龙朔为麟德。高宗李治身体孱弱,常常头昏目眩,武氏趁机插手政治,干预朝政。在高宗无法长时间批阅奏折的时候,武氏为高宗念奏折内容,并逐渐动手批阅,之后甚至

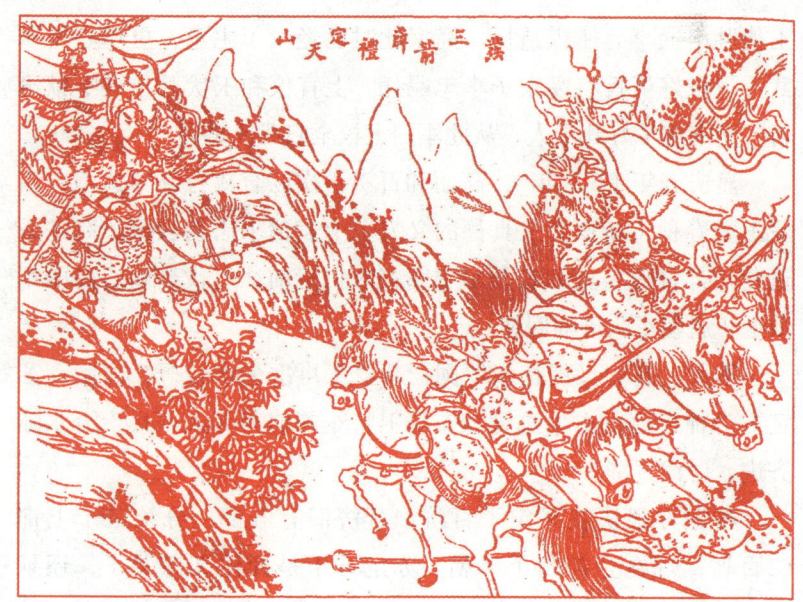

在高宗上朝时,武氏就坐在后面垂帘听政。

因为长孙无忌、褚遂良、萧瑀等一干元老重臣要么被杀要么被贬,朝中的大臣只剩下李世勣、许敬宗这些逢迎上意的人,也没人敢反对,反对的也全都被打压下去。

麟德二年(665年)十月,高宗率文武百官、武后率内外命妇,从东都出发,前往泰山封禅。十二月方到泰山,在元旦这一日祭祀昊天大帝,次日祭泰山,第三天禅社首、祭皇地祇,每一次祭献,由高宗初献完毕,执事等都趋下,再让宦官执帷帐,拥护武氏登坛献祭。等到第二年初夏才返回京师。

 **17. 两太子蒙冤**

高宗泰山封禅时改元乾封，回到京师后正巧高丽遣使献诚。新高丽王因外出巡城，被自己弟弟在背后夺了王城，于是派遣使者向高宗表露诚意，希望高宗派兵援助。

高宗原本就准备再征高丽，现在有了正面出兵的理由，便立即命契苾何力为安抚使，将军庞同善、营州都督高侃为行军总管，再征高丽。随后又让李世勣担任辽东道行军大总管兼安抚大使，带着薛仁贵等人水陆并进，和契苾何力等人一起进军高丽。

最终，李世勣攻破高丽，占领平壤城，并擒获了高丽王高藏、男建等人，大胜而归。高丽境内全部投降，高宗将高丽改为安东都护府，分置四十二州，升薛仁贵为检校安东都护，领兵二万镇抚高丽。随后，高宗亲自在南郊祭祀，告诉先祖高丽已经被平，并进封李世勣为太子太师。

武媚娘当了皇后以后，武氏家族大多得到升迁，武母杨氏被封为荣国夫人，她的胞姐早年丧夫，是个美丽婀娜的寡妇，被封为韩国夫人后经常出入宫中。高宗见韩国夫人貌美和武氏很像，且不像武媚娘后期那般强势专横，性子柔媚可人，很是喜爱。韩国夫人有一女儿，更是国色天香，比武媚娘年轻时更加貌美娇媚。母女二人很是得宠，后来接连被武氏毒杀。

唐高宗上元元年（674年），高宗自称天皇，号武氏为天后。此时朝政大权实际上已经被武氏把持。武氏为了进一步取得明面的政权，想尽一切办法施展自己的政治才能，她向高宗条陈十二事，请求高宗施行：劝农桑，薄赋徭；给复；息兵；禁浮巧；省力役；广言路；杜谗口；王公以降，皆习老子，以尊圣绪；父在为母服齐衰三年；上元以前勋官，已给告身，不必追核；京官八品以上，增给廪饩；百官久任，应量才进阶，疏通迟滞。这十二条纲目多半与舆情相合，一经颁布，都下人士，各称皇后贤明。

上元二年（675年），高宗的风眩症越来越严重，于是和大臣们商议准备让武后摄政。宰相郝处俊劝谏道："陛下怎么能将高祖、太宗的天下，不传给子孙而委任给天后啊！"武后得知后，就召集了人编撰《列女传》《臣轨》等书，并暗中命令参加决策的百官们上疏以分散宰相的权力。

后来，因为武后支持的许敬宗等人先后倒台，她的政敌及废

17. 两太子蒙冤

后王皇后的族兄王方翼得到高宗的任用,并拟定《内训》《外戚诫》来压制武家人,因此朝政仍旧由高宗和武后共同商议处理,分庭抗礼,就看谁先压过谁了。

武后生有四子,长子李弘自幼被封为皇太子,深得高宗的宠爱和重视。

李弘性情谦谨,为人忠厚,很是仁孝,对于自己母亲把持朝政、怨杀无辜的行为很是忧愁,常常加以劝谏,希望武后退回后宫,不要干涉朝政。武氏对这个常常忤逆自己不听话的儿子很是不满,又加上李弘亲近她的政敌,此时她与高宗的关系原本就很微妙,容不得一点过失,于是索性一不做二不休,亲赐酒食毒杀了自己的亲儿子太子李弘。

上元二年,年仅二十四岁的太子李弘猝死宫中。高宗十分悲痛,破例追加太子李弘为孝敬皇帝,并以天子礼仪厚葬。

太子李弘有三个胞弟,李贤自幼聪敏、端重沉稳,才智能力皆不寻常,高宗也很喜爱这个儿子,太子死后,高宗封雍王李贤为皇太子。

大臣们也很拥戴这位太子,加上李贤是个很有自己主张的人,对待武后并非一味顺从,久而久之就引起了武后的猜忌,对待这个羽翼渐丰的儿子也很是不满。李贤也看出了武后对他的不满和打压,母子间的嫌隙越来越深。

后来,武氏构陷太子李贤谋反,打着大义灭亲的旗号逼着高宗李治赐死李贤。高宗已经失去了爱子李弘,明知另有隐情,但朝政已被武氏把持,又有捏造的罪证,一时间也别无他法,只好为李贤求情,最终废李贤为庶人,流放巴州。

李贤被废后,武后让高宗立英王李哲(后改名为李显)为太子,于681年改年号为开耀。

高宗命裴行俭袭击西突厥，西突厥被平定，至此唐朝版图达到极致。突厥告平，太子又生小皇子，名为李重照，喜事逢双，高宗大喜，改年号为永淳。

到了高宗末年，又改元弘道，准备出封嵩山，到了奉天宫后，高宗忽然头晕目眩，几不能视。于是诏命皇太子李显代理国政，裴炎、刘景先、郭正等人在东宫任平章事。又过了几天，高宗病情加重，夜召裴炎等人入受遗诏，当即归天，享年五十六岁，在位三十四年。

 唐 | **18. 武氏临朝称制**

高宗李治崩逝，太子李显继位，史称中宗，于是二十七岁的李显开始了他戏剧化的皇帝生涯。

中宗李显性子庸柔，一直以来都被武后压制着。高宗后期，朝政几乎全被武后把持。等到中宗李显继位，朝政大权可谓是全都落在了武后手中。中宗李显明面上是皇帝，实际上却毫无权力，一切朝政事宜全都由武氏裁决，完全是武氏手里的傀儡。

第二年，也就是嗣圣元年（684年）正月朔日，中宗李显升任了一些朝廷官员，并册封韦氏为皇后，大赦天下。

中宗十分喜爱韦后，想要进封她的父亲韦玄贞为侍中。中书令裴炎知道后立即入朝劝谏中宗，说韦玄贞没有功劳，突然封大官不太合适。中宗不听，裴炎就再三劝谏，惹得中宗十分恼怒，直接厉声呵斥："我把天下给韦玄贞，也无不可，何况区区一侍中呢？"裴炎被痛骂一顿，很是惶恐不安，又因为这件事得罪了韦后一群人，于是索性投靠了太后武氏。

武氏已经大权在握，而相比于太宗，中宗李显的性情过于怯懦了，对于绝对强势且狠戾的母亲武氏，中宗李显可以说是既害怕又不满，这让武氏生出了废帝的心思。

武氏与裴炎等人定下密谋，并暗中召见中书侍郎刘祎之、羽

林将军程务挺等人带兵进入宫中,并召集百官于乾元殿内。

太后武氏赫然临朝,中宗随了出来,刚要就御座,忽然裴炎宣太后敕,废中宗为庐陵王,并让程务挺等人扶中宗下殿。

中宗愕然怒道:"我有何罪?"武氏横眉竖目,呵斥中宗道:"你竟然想要将天下给韦玄贞,还说自己没有罪过吗?"中宗哑口无言,面对强势且大权在握的武氏,再看看背叛自己的裴炎等人,只能忍气吞声。坐上皇位才短短两个多月就被自己的亲生母亲赶下台,这也是奇闻了。

中宗李显被废为庐陵王,武氏独坐宝座,又问殿中的大臣:"嗣王失德,已经废立,此后帝位应属何人?"

裴炎立即应声道:"应立豫王。"众位大臣都极口赞成。武氏虽然有做女皇的心思,可也知道时机未到,现在只剩下最后一块拦路石,对她来说,踢掉这块碍事的石头也不费吹灰之力。

18. 武氏临朝称制

豫王李旦是高宗李治最小的儿子,也是武氏的第四子。李旦性情谦逊,敏而好学,精通书法,因为年龄最小,自幼深受高宗喜爱。

高宗李治原本有八个儿子,长子李忠早就成了王皇后与武氏的后位之争下的牺牲品;次子李孝,早年去世;三子为杨氏所生;四子李素节乃是萧淑妃所生,已被武氏借机贬谪(zhé);剩下的四个儿子都是武氏所生,李弘被毒杀,李贤也被武氏废了,现在中宗李显又被废为庐陵王,也就只剩下一个豫王李旦了。

第二天,二十二岁的豫王李旦被立为皇帝,史称睿宗。和中宗李显一样,李旦虽然名义上是皇帝,但朝政大权全都在武氏手中,不过是武氏手里的另一个傀儡。

废了中宗李显,武氏仍临朝称制,裁决一切政事,并以睿宗李旦的名义改年号为文明,册封正妃刘氏为皇后、李旦的长子李成器为皇太子。随即睿宗李旦就被软禁在皇宫中,别说处理朝政了,就连上朝的权利都被剥夺,更不能在皇宫中随意行动,完全受制于武氏。

废太子李贤作《黄台瓜词》:"种瓜黄台下,瓜熟子离离。一摘使瓜好,再摘使瓜稀。三摘犹为可,四摘抱蔓归。"

武氏得知后,猜疑李贤心中有怨,为了防止李贤复起,于是暗中命令酷吏邱神勣逼迫李贤自尽。杀了李贤后,武氏又猜忌庐陵王李显,便将他迁徙到房州,后又将他囚禁在均州。

武氏大权在握,立即重用自己的家人,把自己兄长的儿子武承嗣升任为太常卿。武承嗣请武氏追尊祖考,创立七庙。宰相裴炎知道后,立即入宫劝谏:"太后母临天下,当示至公,不应该任人唯亲,汉朝吕氏崇封产禄,从而衰败了,太后难道没有听过吗?"

武氏大怒道："吕氏滥封母族，才导致衰亡，我只是追崇亡亲，又有什么妨碍？"

裴炎又劝谏道："凡事当防微杜渐，不应自开端绪，还乞太后明鉴！"

武氏始终不听从，尊五代祖武克己为鲁国公，父亲武士彟为魏王，并在洛阳建立五庙，每年都祭祀。随后又升武三思为右卫将军，其他武氏族人都投靠太后家族，李氏皇族被排挤打压。因裴炎忤逆自己，武氏对裴炎心生不满，另有谋算。

嗣圣元年，英国公徐敬业等人在扬州起兵，反对武氏把持朝政。宰相裴炎趁机请武氏还政于睿宗李旦，武氏原本就对裴炎不满，直接以谋反的罪名将裴炎斩首，并派三十万大军镇压扬州叛乱。徐敬业兵败被杀。

 唐 | **19. 武氏称尊**

徐敬业被平定后,武氏又改元为垂拱。垂拱二年(686年),武氏故意对睿宗李旦说要把朝政大权还给他,借此试探睿宗的反应。

睿宗本就谨小慎微,一听武氏要还政,不喜反忧,联想到自己被废、被杀的三个兄长,更是担惊受怕,立即机敏地表示自己身体不适,不好当政,于是数次上表,极力推辞,请求武氏继续临朝执政。

武氏自然知道目前还少了个罢黜睿宗的理由,而且时机未到,就顺水推舟,依旧临朝称制,把持朝政。

恰好千金公主(高祖李渊之女)向武氏献上一个面容俊美、身体强健的面首,史称冯小宝。冯小宝很得武氏的欢心,武氏特意让他改姓为薛,又赐名怀义,与太平公主驸马薛绍同族,还让薛绍称呼他为季父,就连武氏的子侄武承嗣、武三思等人也都因为冯小宝备受武氏宠幸而争相讨好。武氏更是让薛怀义做了白马寺的寺主,以和尚的名义随意出入宫中。

武氏设立铜匦(用铜制造的匣子,类似现在的检举箱),放在都门前,随时接纳天下意见,广开言路,对当时因唐朝皇室内部频繁罢黜皇帝,而造成的朝政动荡,起了很好的震慑作用。

　　武氏规定任何人均可告密，且臣下不得私自审讯，以国家的名义向告密者供给驿站车马、饮食，即使是农夫樵人，武氏都会亲自接见，这对国家来说本是一件好事，但也有索元礼、来俊臣这等生性残忍的人，故意通过不择手段的告密来升任掌管制狱的官职。被告者一旦被投入他们掌管的衙狱，必定要经历各种酷刑，能活着出狱的百无一二，形成了可怕的"酷吏政治"。

　　随着告密之风日益兴起，被酷吏严刑拷打而死的人越来越多，于是"朝士人人自危，相见莫敢交言"。大臣们上朝前甚至都要和自己的家人诀别，弄得人心惶惶。而对于武氏来说，索元礼、来俊臣这等酷吏却是好用得很，他们除了她无所依靠，自然对她的话言听计从。

　　因武氏当政，屡次三番剪除唐朝宗室，引起唐朝诸王的不安，都想起兵对抗武氏。

19. 武氏称尊

武承嗣命人凿石为文,镌就"圣母临人,永昌帝业"八字,说是在洛水中发现的神迹,于是献给武氏。武氏大喜,称这块石头为天授圣图。武氏加尊号为"圣母神皇",自名为曌,"曌"是武氏自创的字,意为日月当空。

同年八月,博州刺史、琅琊王李冲在博州起兵;豫州刺史、越王李贞在豫州起兵,反抗武氏。武氏立即派遣邱神勣、魏崇裕等人领兵十万征讨。

七日后,琅琊王李冲兵败战死。九月,李贞兵败自杀。武氏借由此事,想除尽李氏诸王,于是让周兴等人展开审讯,逼迫韩王李元嘉、鲁王李灵夔、黄国公李撰、东莞郡公李融、常乐公主等人自杀,一干亲信也被杀死。

太平公主驸马薛绍也因为与琅琊王交好,被囚狱中,杖责而死。自此,唐朝李氏宗室几乎全无!随后武氏遣右丞狄仁杰为豫州刺史,办理平乱事宜。

十二月,武氏亲自拜洛受图。年底,武氏命人在洛阳建造的明堂落成,号"万象神宫",又加封面首薛怀义为右威卫大将军,并命他铸巨大雕像,置于万象神宫,大肆弘扬佛学。

第二年正月朔日,武氏在万象神宫设宴。武氏初献,睿宗李旦亚献,太子李成器终献。礼毕,武氏高坐明堂,受百官四夷朝贺,大赦天下。

载初元年(690年)七月,僧人法明杜撰《大云经》四卷,称武氏是弥勒佛下凡,应该成为这天下的主人。

武氏甚喜,将经书颁行天下。侍御史傅游艺逢迎上意,率领关中百姓九百多人,上表请武氏自立为皇帝,改国号为周,降睿宗李旦为太子,赐武姓。武氏表面推托一番,却是直接给傅游艺升了官,于是百官宗戚,远近百姓,四夷酋长等六万多人,联名

上表。

不久,群臣上奏称"凤集上阳宫,赤雀见朝堂",应请太后即日为帝,以应符命。武则天乃下制许可,改唐为周,改元天授,定都洛阳(又称为神都)。

 唐 | **20. 女皇岁月**

武氏独女太平公主因驸马薛绍被牵连致死,一直郁郁寡欢。恰好武承嗣丧妻,武氏准备让太平公主另嫁武承嗣,偏偏太平公主不喜武承嗣,反而看上了有妻室的武攸暨(jì)。武氏就下毒手,毒死了武攸暨的妻室,太平公主得偿所愿。武攸暨娶了武氏独女,更是肆无忌惮,与武承嗣等人独揽朝政大权,极力排挤打压敌对势力。

因唐朝宗室几乎全被武氏诛黜殆尽,武承嗣的势力越来越大,于是生出了废豫王李旦、自己当太子的念头。已由内史升任右相的岑长倩、尚书格辅元极力反对立武承嗣为太子,遭到武承嗣记恨,被诬陷谋反,从而被杀。

好在凤阁侍郎李昭德劝谏武氏:"天皇为陛下夫,皇嗣为陛下子,陛下身有天下,当传与子孙,为万世业,奈何以侄为嗣?从古以来,可有侄子为天子,为姑立庙?"这一席话使武氏醍醐灌顶,打消了立武承嗣为太子的念头。

狄仁杰、裴宣礼等人一向刚直,素来不与武承嗣等人同流合污,也遭到构陷,全都被贬谪,朝廷的贤臣、能臣几乎全都被害。

李昭德眼看着武承嗣等人气焰日益嚣张,于是找机会对武氏道:"魏王承嗣,权势太重,应加裁制为是。姑侄虽亲近,却终究

比不上父子，做儿子的都有弑父的情况，更何况姑侄之间呢？而现在魏王承嗣位居亲王，又是左相，权力太大了，怕是陛下很难安居天位。"

这一番话引起了武氏的警觉，于是罢免了武承嗣的左相职。而李昭德这一举动更是直接惹怒了武承嗣，不久就被武承嗣诬陷杀害了。

后来，吐蕃党项部落归附武周，武氏将其分置为十州。听闻党项部落投靠了武周，吐蕃首领曷苏思量再三也决定率领部落请求归附，却不料事情泄露，被部落不同意的人擒拿回去。

九月，武氏派遣大将王孝杰和阿史那忠节率领军队出征西北。

长寿元年（692年）十月，王孝杰击破吐蕃，并收复龟兹、疏勒、于阗、碎叶等安西四镇。武氏在龟兹设立安西都护府，并再增兵三万以此稳定西北地区。

长寿二年（693年）正月，武氏在万象神宫亲自主持祭典，规模宏大。同月，武氏族人蓄意陷害，武氏听信谗言，诛杀李旦妃子刘氏、德妃窦氏，李旦也险些遭祸，终日惶恐。皇孙李成器及恒王李成义等人直接被贬为郡王。

武氏加尊称帝后，对男宠薛怀义不复往日恩宠，薛怀义对此很是不满，性情越加骄倨。后来武氏正加号慈氏，薛怀义纵火烧毁天堂，火势延及明堂，致使二堂全都毁去，随后更是骄狂，甚至在朝贺时列举武氏与他的私情，言语污秽，惹得武氏心生厌恶，又因为投鼠忌器索性和太平公主密谋，诛杀了薛怀义。

薛怀义死后第二年，太平公主直接将自己的男宠张昌宗引荐给武氏。张昌宗当时年仅及冠，生得甚是俊秀，风姿绝代，武氏十分喜爱。因张昌宗推荐，武氏次日又召幸其兄张易之，大肆加封。自此，这对貌美俊雅的兄弟宠冠洛阳。

20. 女皇岁月

同年,武氏派武懿宗、娄师德等人率兵二十万再次讨伐孙万荣。六月,孙万荣兵败被杀,随后武氏改元万岁通天为神功。

圣历元年(698年),武承嗣、武三思等人又在谋夺储位,几次使人在武氏面前游说。

武氏再一次犹豫了,狄仁杰立即上奏对武氏说:"姑侄之于母子,哪个比较亲近?"并劝武氏召还李显。此后,武氏再无意立武承嗣、武三思为太子,并将李显秘密接回洛阳。

武氏日渐年老,身体不适的她长时间不能上朝,因此对朝政的控制力逐渐下降,于是愈加宠幸张昌宗兄弟二人,以此兄弟作为自己在朝中的耳目。

纳言娄师德引荐狄仁杰为宰相,武氏念及狄仁杰多有功劳且很是贤能,因此任狄仁杰为宰相。

因武氏的宠信纵容,张昌宗兄弟逐渐插手朝政,肆意妄为,

甚至直接陷害中丞魏元忠等人，宰相魏元忠被贬为高要县尉。武氏晚年耽溺享乐，对朝政不如先前用心，致使朝政一度混乱。

当时李重润（中宗李显的嫡长子）少年气盛，对武氏宠信张昌宗兄弟十分不满，与其妹永泰郡主、魏王武延基私下里议论张昌宗兄弟二人擅自插手朝政的事情，遭到张氏兄弟构陷，被武氏赐死。

肆意放纵的张氏兄弟、伺机而动的武氏族人、拥护李唐正统的朝臣，搅得朝政再一次混乱起来。

神龙元年（705年）正月，八十二岁的武氏病重，在迎仙宫卧床不起，只有张昌宗兄弟二人侍奉左右。

宰相张柬之、侍郎崔玄暐（wěi）等人交结禁军统领李多祚，故意说张昌宗、张易之谋反，发动政变，率领五百多禁军冲入宫中，杀死张氏兄弟并包围武氏寝宫，要求她退位。武氏被迫禅位于李显，自己徙居上阳宫。

自此，中宗李显复位。

唐 21. 景龙政变

神龙元年（705年），中宗李显复位，令上官婉儿专掌起草诏令，随即复立韦氏为皇后，因韦氏在中宗幽禁期间与他同甘共苦，因此中宗李显愈加宠爱韦氏，并对她深信不疑。

中宗李显第七女安乐公主备受中宗与韦氏的宠爱。武氏见了此女，也爱她秀外慧中，于是让中宗将安乐公主嫁给武三思的儿子武崇训。中宗也希望借此笼络武氏一族，从而稳固自己的地位，便欣然答应。

上官婉儿写诗贺喜，中宗见她诗意清新，容色秀丽，于是将其召幸，封为昭容。上官婉儿聪慧机敏，在她的刻意逢迎下，韦后、安乐公主都把她视为知己。她看出韦后的野心，于是多次怂恿韦后效仿武则天也当一当这凌驾众人之上的女皇帝。

神龙元年（705年）十一月二十六日，武氏在上阳宫病逝，随后与高宗李治合葬乾陵，留下著名的无字碑。功过是非，留与后人说。

中宗年过五旬，不复往日温柔贴心，韦后深感寂寞，上官婉儿于是将武三思推荐给了韦后。

武三思相貌堂堂且善于察言观色，很得韦后的欢心，因此韦后与上官婉儿常常在中宗耳边说武三思的好话。性格绵软的中宗李显原本就对韦后言听计从，于是开始重用武三思，拜武三思为司空，

朝政大事多与他商量。武攸暨亦被封为定王，兼司徒一职。

韦后、上官婉儿勾结武三思等人专擅朝政，排挤异党、把持朝政。

张柬之等人开始着急，立即入朝面奏，请中宗李显削弱武氏一族的权力。但中宗偏听韦后的话，不仅没听张柬之的建议反而将这件事告诉了武三思，这下子，武三思直接对张柬之等拥护李唐正统的朝臣进行打压。

神龙二年（706年），武三思依靠韦后、安乐公主等人的支持，相继设计贬杀了张柬之、桓彦范、敬晖（huī）、袁恕己、崔玄暐五王，自此，武三思几乎可以说是权倾朝野。

因上官婉儿专门掌管起草诏令，从而以权谋私在自己拟的诏令中推崇武氏且故意排抑皇家，这些举动引起了太子李重俊的愤怒。

韦后嫡子李重润先前已经被武氏杖毙，中宗立了后宫妃子所生的李重俊为太子，这举动引起了安乐公主的不满，韦后没有了嫡子，她早就有成为皇太女的心思，因此对被立为太子的李重俊很是愤恨，打心底瞧不起，并在驸马武崇训的唆使下直接用奴来称呼李重俊。而太子李重俊因为韦、武势大，而自己没有倚仗，即使内心怨愤难平也只好暂且忍气吞声。

当时的朝政多被韦、武党羽把持，武三思大权在握又欲图扳倒太子李重俊。那时候只有中书令魏元忠、大将军李多祚与太子关系密切。

景龙元年（707年）七月，忍无可忍的太子李重俊联合左金吾大将军李千里、左羽林将军李多祚、右羽林将军李思冲以及独孤祎之等人，率领左右羽林军发动兵变。李重俊先杀入武三思的府邸，武三思当时正在宴饮，与武崇训及其党羽十余人俱被太子诛杀，而后让李千里等人分兵守住宫城诸门，自己与李多祚带领军队闯入肃

21. 景龙政变

章门,直奔宫禁。

中宗李显与韦后、上官婉儿及安乐公主一行人夜宴刚停,正准备起身回去就听到右羽林大将军刘景仁跑进来说太子谋反。韦后连忙簇拥着中宗奔向玄武门,并让刘景仁等人调兵守住玄武门。

随后,李多祚等率军赶到,大声呼道:"上官昭容,勾引三思入宫,乃是第一个罪犯。陛下若不忍割爱,请速将她交出,由臣等自行处置。"要求中宗李显交出乱臣上官婉儿。

上官婉儿立即辩解,杨思勖(xù)主动请缨后当即下楼带兵千余人杀出。李多祚见中宗没有回话就呆站在楼下等着。

杨思勖仗着人多直接压制李多祚一行人,中宗李显在楼上观战,见杨思勖得胜,立即高声传呼道:"叛军听着!汝等皆朕宿卫士,为什么要跟着李多祚造反?"并说若是能一起诛李多祚,不仅宽恕他们的罪过还给封赏。羽林兵听到后立即倒戈,太子李重俊逃至郊外被手下杀害,景龙政变失败。

 ## 22. 韦氏之乱

太子李重俊死后,安乐公主越发得宠,更是趁着武崇训治丧期间与姿容甚好的武延秀勾结,中宗得知后不仅不怪罪,反而让武延秀娶了安乐公主。

中书令宗楚客乃是韦后的心腹,在景龙政变后,立即联合其他朝臣上表加帝后尊号,称中宗为应天神龙皇帝,韦后为顺天翊圣皇后,改玄武门为神武门。

安乐公主又与宗楚客等人密谋,准备陷害安国相王李旦(中宗复位后,改封相王)及太平公主,让御史冉祖雍诬奏李旦、太平公主私下交结李重俊,也参与谋反。

中宗听此消息,召见御史中丞萧至忠,命他审查此事。萧至忠哭泣劝谏道:"陛下富有四海,不能容下一弟一妹,于是令人罗织成狱吗?相王之前是皇嗣,曾经在则天皇后面前,让位给陛下,这是海内周知的,为什么要因为祖雍一言,而滋生疑窦?"一番话让中宗想起了李旦等人的帮助,于是就将这件事放下了。

景龙二年(708年),唐朝大将军张仁愿建立三受降城体系,占据漠南,极大地削弱了后突厥汗国的国力,被封为韩国公,又加镇军大将军。

中宗李显在位期间,吐蕃多次进犯,唐休璟指挥唐朝军队前

22. 韦氏之乱

后六次击败吐蕃军,陈大慈也率军击退吐蕃军四次,将军郭元振更是率军横过青海,"分兵十道齐进,过青海,几至赞普牙帐。赞普屈膝请和,献马三千匹,金三万斤,牛羊不可胜数",一直打到了吐蕃赞普的牙帐,打得吐蕃赞普军队溃败,毫无抵抗之力,只好向唐朝求和。

景龙三年(709年),中宗李显把养女金城公主嫁给吐蕃赞普尺带珠丹为妻。

边境稳定,是好事,可唐朝宫廷内乃至朝政都处在动荡不安的状态。韦后与上官婉儿联手夺权,安乐公主更是恃宠而骄,中宗性子柔弱又沉溺于马球等游乐活动,任由韦后等人胡作非为。

有一次,安乐公主将自己草拟的诏敕,掩住正文内容让中宗李显在文后签署,中宗竟然也不看诏文写了什么,就直接笑着署敕。安乐公主还和长宁公主一起卖官鬻爵,从而大肆揽权贪财,

搅得朝政一片混乱。

后来,定州人郎岌上奏说韦后和宗楚客等人密谋造反。史书上说,韦后怕有变故于是直接在饼中下毒将中宗毒死。

细数中宗李显一生,令人叹息。纪元嗣圣,才短短一个月,这皇位就让自己的母亲废黜了,后来便是长达十四年的幽禁生涯,好不容易回东都洛阳当了六年的皇太子,终于熬到武氏年老体弱被动禅位,按理说已经没有人可以压制他了。奈何中宗李显性格绵软,又对韦后言听计从,被韦后、上官婉儿、武三思等人把控,这六年皇帝也当得浑浑噩噩,最后的死亡也是不明不白,真是令人唏嘘不已。

中宗李显死后,韦后秘不发丧,立即召见诸位宰相进入宫中并征召诸府兵五万人守住京城,让驸马韦捷、韦濯及长安令韦播等人分府领兵。

用兵镇守洛阳后,韦后便与上官婉儿、太平公主等人谋立温王李重茂为皇太子,李重茂是中宗幼子,后宫所生,当时十六岁。等李重茂继位,尊皇后韦氏为皇太后,韦氏便效仿武氏训政。原来的睿宗,也就是相王李旦,素有威望又参与政事被宗楚客等人忌惮,于是宗楚客怂恿韦氏谋害李重茂、李旦等人。

相王李旦有六个儿子,长子李成器,曾立为太子,次子李成义封为衡阳王,四子李隆范封为巴陵王,五子李隆业封为彭城王,六子李隆悌封为汝南王,这些儿子中唯独三子李隆基最是英武。李隆基是李旦妾窦氏所生,擅长骑射也通晓音律,学识广博,颇有太宗李世民的遗风,聪慧异常,他早早看出武氏、韦氏等人必为国患,于是暗中结交各路豪杰图谋大事。

当时,兵部侍郎崔日用知道宗楚客的密谋,害怕祸及自己,于是连忙转告李隆基。李隆基立即与太平公主、薛崇简(太平公

22. 韦氏之乱

主与薛绍之子）及内苑总监钟绍京等人先发制人，发动兵变诛杀韦氏、上官婉儿、安乐公主等人。

　　内外全部平定后，李隆基才去见相王李旦。之后太平公主传少帝李重茂命，说是愿让位给相王李旦。相王再次继位，关于立皇太子一事，李成器是嫡长子，但李隆基有大功，睿宗李旦犹豫不定，宋王李成器看出了睿宗的心思主动推辞，于是睿宗立李隆基为皇太子，并令宋王李成器为雍州牧兼太子太师。

 ## 23. 太平公主的阴谋

　　因拥立睿宗李旦有功，太平公主晋封万户，掌握大权。太平公主自恃功高，又加上睿宗对她这个妹妹颇是爱重，经常与她一起商议国政，愈加滋长了她对把控权势的欲望。若太平公主接连几天没有入朝，睿宗就立即让宰相去公主府邸询问，每次宰相有所要事，睿宗都会问：与太平议否？与三郎议否？（因李隆基排行第三，睿宗李旦称他为三郎）这般宠幸，加上太平公主本就有野心，于是愈加揽权。

　　当时，凡是太平公主要做的事，睿宗李旦几乎无所不应，而朝中文武百官自宰相以下，升迁降免，全在太平公主一句话。可以说朝廷官员大多出自太平公主的门下，其权势显赫甚至超过了睿宗李旦本人。

　　李隆基先前年少，锋芒不显，太平公主对他不以为意，等李隆基日渐崭露头角，显示出过人智谋，太平公主顿感危机，知道若是让李隆基上位，她便无法保住权势地位，于是屡次散布谣言说太子李隆基非嫡非长不应该立为太子，将来必有后忧，还说朝廷文武百官全都倾心归附于太子等离间言语，想要用这谣言动摇睿宗对李隆基的爱重。

　　睿宗李旦秘密召见韦安石向他询问这四下散播的消息，韦安

23. 太平公主的阴谋

石立即回答说，太子为宗庙社稷立下了大功，而且一向仁慈明智，这是天下人都知道的事实，必定是暗中有人挑事生非离间陛下和太子之间的关系，希望陛下不要被谗言所迷惑。

睿宗听了这么一番话后，立即颁下制书晓谕警告天下臣民，以此来平息各种谣言。

太平公主见睿宗李旦不被谣言所动又另寻他法，派人监视李隆基的所作所为，并在他身边安插耳目，常以小事状告李隆基，这般图穷匕见、刀光剑影的逼人态度引得李隆基对这位姑母很是忌惮。

太平公主甚至乘辇车在光范门内拦住宰相，暗示他们应当改立太子，在场的宰相们全都大惊失色，宋璟更是直接大声质问："太子为大唐立下了莫大功劳，是宗庙社稷的主人，公主为什么突然提出这样的建议呢？"

太平公主见宰相们不听使唤，很是不悦，拂袖而归。

之后，宋璟、姚崇等人立即秘密向睿宗进言："宋王为陛下元子，豳王乃高宗长孙，公主从中交构，将使东宫不安，不如令宋王、豳王，皆出为刺史，并罢岐、薛二王左右羽林，就是太平公主及武攸暨，亦皆安置东都，这样才不会有内变了。"

景云二年（711年），睿宗李旦听从宰相姚崇、宋璟、张说的建议，命李隆基监国，并将可能威胁到太子地位的李成器等诸王全部削去兵权，同时让太平公主迁居蒲州。

听闻消息，太平公主十分愤怒，立即召太子李隆基入内，厉声质问："我为你们父子打算，也算尽力，今反以怨报德，将我贬居蒲州，我想你父亲仁厚，当不出此，想是汝从中作梗，因有此敕命呢。"

一番严词责备，听得李隆基内心惊恐，只好将一切推脱给姚宋二人。

睿宗李旦将姚崇贬为申州刺史，将宋璟贬为楚州刺史。而太平公主被贬蒲州四月，立即又被迎回长安。刑部尚书萧至忠、尚书右丞卢藏用、雍州长史李晋、太子少保薛稷、羽林大将军常元楷等人皆是太平公主的心腹，把握权柄与太子李隆基分庭抗礼。

延和元年（712年），西方出现了彗星，光芒数丈。

太平公主立即暗中指使一个懂天文历法的术士向睿宗李旦进言说："彗星出现，当是除旧布新的变象，且帝座及心前星，心有三星，旧说前星主太子。亦有变动，大约太子当入承帝统，请陛下传位为是。"想以此进谗言，让睿宗对太子李隆基心有芥蒂，却没想到睿宗听到后毅然道："朕早思传位，今天象又复如此，尚有何疑？传德避灾，朕志决了。"

术士惊慌失措，慌忙返回报给太平公主。

23. 太平公主的阴谋

太平公主只觉得弄巧成拙，悔不当初，立即让人接连上奏劝阻睿宗禅位，但睿宗李旦早有决断，第二天早晨就传位太子。

太子李隆基上表力辞，睿宗没有应允。八月，睿宗传位太子李隆基，自己退位太上皇，改元为先天。太子李隆基继位，是谓玄宗，立妃王氏为皇后。

先天二年（713年），太平公主与玄宗李隆基矛盾不断激化，朝中七位宰相，有五位出自太平公主门下，文臣武将一半以上的人依附于她。

睿宗的突然禅位，加上玄宗李隆基逐渐起用王、崔等人，让太平公主愈加感到急迫，她与窦怀贞、萧至忠等人商议图谋废掉玄宗李隆基。

左散骑常侍魏知古探听到太平公主等人图谋叛变的消息，立即报给玄宗李隆基。玄宗于是召见岐王李范、薛王李业以及龙武将军王毛仲等人订下计划率先下手诛除太平公主一众势力。常元楷、李慈、萧至忠等人皆被斩首，太平公主也被赐死家中，是为"先天政变"。

 ## 24. 开元盛世

太平公主被诛后，玄宗终于掌握了朝政大权，改年号为开元。玄宗李隆基亲御承天门楼，大赦天下，封赏功臣，授予郭元振等人官爵，并将张说、刘幽求等人召还长安，升张说为中书令，刘幽求为左仆射，更是将内侍高力士封为右监门将军让他管领内侍省。

宦官竟位列三品，罔顾太宗曾经的定制，内侍省不置三品官，从而自玄宗李隆基重用高力士等人，宦官逐渐增多也渐渐渗入朝政，为之后的宦官之祸埋下伏笔。

是年冬季，玄宗李隆基巡幸骊山，率领禁军狩猎返回渭川时，想起了被贬申州的前任兵部尚书姚崇，于是派人邀请姚崇前来，两人相谈甚欢，李隆基很是赏识姚崇的多谋善断提出让他当宰相。姚崇却故意推辞，玄宗问他原因，姚崇立即跪下回答道："臣有十事请愿，恐陛下未必准行，因此不敢奉命。"玄宗于是说，你先说来看看。

姚崇趁此机会提出"十事要说"，也就是一愿先仁恕，二愿不幸边功，三愿法行自近，四愿宦竖不与政事，五愿绝租赋外贡献，六愿戚属不任台省，七愿接臣下以礼，八愿群臣皆得直谏，九愿绝佛道营造，十愿禁外戚预政。

24. 开元盛世

玄宗李隆基全都欣然应允。姚崇不可不谓之大才，这"十事要说"从勿贪边功、广开言路、奖励正直大臣、勿使皇族外戚专权、勿使宦官干政等方面一一概括，的确是治国安邦的良策。

翌日，玄宗李隆基授姚崇兵部尚书，同中书门下三品，封为梁国公。姚崇上任后，帮助李隆基贬逐功臣以此保持中央皇权权威。

开元元年（713年），黄河的南北地区都发生了严重蝗灾，对庄稼的破坏十分严重，姚崇在玄宗李隆基的支持下，主持了对蝗灾的治理工作，下令各郡县要全力以赴消灭蝗虫，对有功者进行奖励。

太宗贞观年间（627—649年）就有连续三年的旱灾、蝗灾，对国力、民力造成了极大的伤害，玄宗李隆基深知蝗灾的危险。在玄宗李隆基的大力推动下，加上姚崇的治理能力，蝗灾并没有继续蔓延，很快就被制止住了。

开元二年（714年），温王李重茂病殁，谥为殇帝。

八月，虏相坌（bèn）达延驱使十多万人入寇临洮，进攻兰渭。玄宗李隆基令薛讷（nè）、王晙（jùn）并力夹击，又调兵十多万人，马四万匹，准备亲自督战。

王晙资表奇伟，智勇双全，是玄宗时期著名的大将。受到西征任命后，王晙立即率领步兵二千名，从陇右出发，途中乘夜袭击敌营，以智取，大胜而归。

得知薛讷已经到了武街，于是募集勇士，约薛讷一起再次出兵夜袭，两路夹击，坌达延溃败。唐君斩得虏首一万多，获得牲畜二十万头，自此王晙大将军一战得名天下知。

吐蕃败退后，玄宗李隆基特置幽州节度经略大使，统领幽、易、平、妫、檀、燕六州，从而控制抵御朔方。节度使这一名称，

从此开始,兵权分立,唐朝后期地方节度使的权力越来越大,中央皇权衰弱甚至无法控制地方。

玄宗李隆基励精图治,自从任用姚崇后,抑制贵戚幸臣,朝政几乎没有弊政,国家渐渐步入正轨,姚崇看到自己的政绩,颇为得意,曾经对紫薇舍人齐瀚说道:"我做宰相和谁比较像呢?"还没等齐瀚说话,姚崇又问:"比得上管仲吗?"

齐瀚回答说:"哪怕说比不上,不过也算说一时良相。"

姚崇笑着说:"一时良相也可以了,我要是真能做到,也算是达成所愿。"

再后来,玄宗开始重视法治。姚崇得知玄宗心思,自请避位,举荐广州都督宋璟。

宋璟博学多才,为人耿直,历经五朝,是唐朝著名的宰相,与姚崇并称,可比之太宗时期的房杜二人。

24. 开元盛世

开元四年（716年），宋璟被召入长安任刑部尚书，不久代姚崇为相。宋璟知人善用，根据每个人的特长和才能来授任，从而使得百官各称其职。又因为宋璟为人刚直，刑赏无私、敢犯颜直谏，玄宗李隆基对他又敬又怕偶尔还很恼怒，颇有太宗面对魏徵时的复杂感觉。

宋璟与姚崇并称贤相，史书上称"崇善应变以成天下之务，璟善守文以持天下之正。二人道不同，同归于治"。

开元八年（720年），因为宋璟压制犯法官僚的申述处理不当，加上严禁恶钱流通遭人怨恨，玄宗李隆基于是罢免宋璟，改用张嘉贞。

不久，玄宗李隆基任用张说接替张嘉贞。张说上位后直接改革宰相机构，将"政事堂"改为"中书门下"，从而增加了中书省的权力。张说还裁减了二十万边防军，将府兵制改为募兵制，减少了财政对军事上的拨款。

玄宗李隆基知人善任，赏罚分明，在几任贤相的辅佐下，开创了著名的开元盛世，这是唐朝繁荣的顶峰。

# 25. 李林甫弄权

自开元至天宝元年（742年），唐朝共增十大镇，由地方节度使各自统领数州，大权在握，兵强马壮，突厥、吐蕃、契丹等部落数次侵扰，被地方节度使击退，唐朝兵力强大再一次震慑住塞外。

但朝廷权力自中央渐渐下移，玄宗李隆基此时沉溺于短暂的太平盛世，耽于享乐。

因为中宫王皇后没有儿子，玄宗十分宠爱艳丽貌美的赵丽妃，于是直接立了赵丽妃的儿子李嗣谦（后改名为李瑛）为太子。后来武则天的侄孙女、绛州刺史武攸止的女儿武氏入宫，几乎专宠。

武惠妃得宠后，致力于扳倒王皇后，咬着皇后无子一事不放。王皇后既没有儿子也没有宠爱，加上武惠妃的咄咄逼人，很是焦躁不安，求神拜佛，想要儿子的心思众人皆知。武惠妃更是与权臣李林甫勾结，陷害王皇后用巫蛊诅咒玄宗。玄宗李隆基本就不喜欢这个皇后，加上皇后没有依仗，于是直接顺水推舟废了王皇后。

扳倒了王皇后，武惠妃哄着玄宗李隆基立她为皇后，被御史潘好礼劝谏，玄宗李隆基思虑再三也觉得不合适，这才作罢。

将军王毛仲因为诛杀萧至忠有功，加封至霍国公。身居高位，

25. 李林甫弄权

官奴出身的王毛仲很是趾高气扬，可谓是气焰嚣张，出入宫禁时对玄宗身边的宦官高力士、杨思勖等人很是轻视。

高力士对王毛仲不满，向玄宗煽风点火说坏话。玄宗果然愤怒，将王毛仲流放到零陵，后又被赐死。

开元十八年（730年），宰相张说病死后，韩休与萧嵩也被罢去，在张说的多次推荐下玄宗任用工部侍郎张九龄为中书令，重用京兆尹裴耀卿为侍中，吏部侍郎李林甫为礼部尚书。

张九龄与裴耀卿性情温润，两人相处和睦，一起处理国家政事，独李林甫一人性情阴柔狡诈不是同道中人。张九龄七岁知属文，才智过人，武则天长安二年（702年）登进士第，被沈佺期赏识，授予校书郎的官职，很贤明。

张九龄主理朝政秉公守则直言敢谏，选贤任能从不徇私枉法，是一代能臣贤相，深受玄宗倚重。后来的宰相每次推荐公卿，玄

宗一定会问："节操、品质、度量能够像张九龄吗？"可见张九龄品行之高，能力之强，影响之深。

再说李林甫嫉恨张九龄被玄宗赏识重用，偏偏自己没什么才能，就故意向玄宗推荐牛仙客担任知政事，张九龄认为牛仙客学识不高担不起重任，于是多次和玄宗说不行。见张九龄经常反驳自己，玄宗不高兴了。

开元二十四年（736年），范阳节度使张守珪（liǎn）因为副将安禄山讨伐契丹失败，于是捉拿安禄山送到京城，请求按照朝廷规定执行死刑。

玄宗却因为想要安抚异族，准备赦免安禄山。得知消息后，张九龄立即上奏对玄宗说，张守珪的军令一定要执行，安禄山不应该免除死罪。而且安禄山狼子野心，有谋反之相，请求皇上根据安禄山的罪行杀掉他，希望断绝后患。

玄宗李隆基却对张九龄说，你不要因为王夷甫了解石勒这个旧例而误害了忠诚善良的人。玄宗为了以示皇恩浩荡将安禄山放回了藩地，却是放虎归山后患无穷，安禄山最终反叛，再次重演了西晋末年石勒反晋乱华的一幕。

李林甫因为才能不足以引起玄宗的重视，于是和高力士勾结。后宫当中武惠妃当不了皇后于是想要夺储。

高力士看出了武惠妃的心思，于是趁机对武惠妃说，李林甫愿保寿王，只乞求武惠妃为内援帮助他登上相位，之后一定尽力辅佐寿王。武惠妃立即答应。

开元二十四年，玄宗李隆基以结党为由罢去了张九龄、裴耀卿的宰相之职，任命李林甫、牛仙客为宰相，李林甫升中书令、集贤殿大学士。监察御史周子凉上奏说牛仙客并非宰相之才，被玄宗杖杀。

25. 李林甫弄权

李林甫一向视张九龄为眼中钉,立即趁机向玄宗进言说周子谅是张九龄引荐的,玄宗又将张九龄贬为荆州长史。

李林甫将张九龄排挤出了朝廷后,立刻和武惠妃联手构陷太子李瑛等人谋反,玄宗听信李林甫之言将太子李瑛、鄂王李瑶、光王李琚废为庶人,不久又将三人赐死。

太子李瑛被废,李林甫依照之前和武惠妃的约定,上奏请玄宗立寿王李瑁为太子,玄宗没有应允,以第三子李亨年长且仁孝恭谨、勤奋好学立为太子。

开元二十五年(737年),武惠妃病逝,玄宗顿觉孤独,后来听说杨玉环艳丽无双,于是命杨玉环出家为道士并赐号太真,不久下诏令其还俗,将其接入宫中。

# 26. 杨玉环得宠

天宝四载（745年），玄宗李隆基将韦昭训的女儿册立为寿王妃，之后立即将杨玉环册立为贵妃。杨玉环貌美婀娜，聪慧可人，还通音律擅歌舞，很得玄宗李隆基的欢心，亲自谱《霓裳羽衣曲》。玄宗李隆基在召见杨贵妃时命令乐工演奏，赐金钗钿合并亲自插在杨贵妃的鬓发上，还对宫人说："朕得杨妃，如得至宝，这是朕生平第一快意呢。"

因为杨贵妃后宫独宠，李林甫为了再次交好后宫，于是向玄宗引荐杨贵妃的族兄杨国忠。陈希烈虽是宰相，但性格柔弱，朝廷大权仍旧握在李林甫手中，李林甫在家中处理政务，百官都聚集在他府前等候召见，没人去找政事堂的陈希烈，对此现象陈希烈也不敢说什么。

又因三镇节度使安禄山权力日盛且善于阿谀奉承，李林甫为了拉拢他给自己扬名，就向玄宗推荐了安禄山，可谓是引狼入室。

玄宗晚年十分宠信李林甫，李林甫却考虑玄宗李隆基年老，自己在李亨立为太子一事中没有什么功劳，为了保住手中的权势谋算着换太子。

天宝五载（746年）正月，太子李亨出宫游玩，正好遇到妻兄韦坚与大将皇甫惟明一块。原本只是一件小事，但李林甫却趁机

26. 杨玉环得宠

诬告说韦坚和皇甫惟明勾结,想要拥立太子李亨为皇帝,玄宗不审查直接将韦坚、皇甫惟明贬官,并命令太子李亨休弃太子妃韦氏。当时宰相李适之上奏请玄宗细查,被贬为太子少保。

随后,李林甫又针对太子李亨,发起一桩桩冤案,势在剪除太子的羽翼。

天宝六载(747年),在李林甫的推荐下,安禄山被提拔为御史大夫。安禄山经常进宫,往往言辞有趣,哄得玄宗大悦。有一次,太子在玄宗旁边服侍,玄宗让他与安禄山相认,安禄山见了太子却故意不跪拜,殿前侍监等当即呵斥:"见了殿下为什么不跪拜?"

安禄山假装惊讶地问:"殿下是什么意思?"

玄宗微笑着说:"殿下就算皇太子。"

安禄山于是又问:"臣不知道朝廷的礼仪,皇太子究竟是什

么官？"

玄宗说："朕百年后，帝位会传给皇太子。"

安禄山这才说："臣只知道有陛下，不知道有皇太子，罪该万死。"

玄宗觉得安禄山品质纯朴，于是更加喜欢他。知道玄宗宠爱杨贵妃，安禄山主动请求当杨贵妃的养子，每次进宫朝见玄宗都会先拜望杨贵妃，玄宗觉得奇怪问他原因，安禄山回答说自己是胡人，胡人都是把母亲放在父亲前头，玄宗听得很高兴还让杨家兄妹们同安禄山结为兄弟姐妹。

安禄山是个大胖子，据记载有三百多斤，走路的样子很是古怪，但却能在玄宗面前跳胡旋舞，跳起来的动作快得像旋风一样。真不知那肥胖的身子是怎么做到的，玄宗经常以此逗笑取乐。玄宗曾经指着安禄山的大肚子问道："卿的身体这么肥胖，也能跳胡旋舞吗？"

安禄山于是起身开始跳胡旋舞，玄宗连连称赞，指着他的大肚子，又问道："肚子里有什么东西？竟然可以这么庞大。"

安禄山随口回答："只有一颗赤子之心。"

玄宗听完，很是开心。

见玄宗喜欢，李林甫等人也就都说安禄山的好话，却不知安禄山狼子野心另有图谋。

天宝十一载（752年），李林甫为了巩固自己在朝廷的权力，请求辞去兼任的朔方节度使职位并举荐右羽林大将军安波注的儿子安思顺继任，主张重用蕃将。玄宗采纳了李林甫的建议，从而使得高仙芝、哥舒翰等少数民族将领快速发展，也让安禄山得以长期控制河北地区。

李林甫最开始推荐杨国忠只是为了拉拢杨贵妃，对他也是礼

26. 杨玉环得宠

遇有加，认为才疏学浅的杨国忠不会威胁自己的地位。但因为御史大夫一职，李林甫没有举荐自己，而是举荐了王鉷，这件事让杨国忠怀恨在心。

天宝十一载，王鉷的弟弟王焊图谋作乱，杨国忠借机牵连李林甫说他勾结王鉷也参与了这件事。王鉷被赐死，李林甫也因为这件事被玄宗疏远。玄宗为了取悦杨贵妃，也为了牵制李林甫专权的局面，全力扶持杨国忠，从此，杨国忠春风得意。

天宝十二载（753年），李林甫病重命不久矣，杨国忠到华清宫谒见李林甫，这个压在自己头顶的大山虽然快要倒塌却仍旧让他非常忌惮。十一月，李林甫病逝，杨国忠拜相，身兼四十余职。杨国忠在李林甫死后立即与安禄山合谋，诬告李林甫和叛将阿布思谋反，并捏造罪证。玄宗削去李林甫爵位，抄没其家产。

杨国忠为了笼络人心发展自己的势力，选官不论贤能才干只论资历，又改了原有的选官手续，于是官员选取的权力几乎被杨国忠一人垄断。不仅如此，杨国忠为了军功随意对边境地区用兵，给边境人民造成了极大的灾难，也使得安禄山对他愤恨不已。

天宝十二载，关中地区连续发生水灾，饥荒严重。玄宗坐在深宫担心庄稼出问题，杨国忠却叫人拿好的庄稼来哄骗玄宗并让自己的党羽拦住奏报灾情的官员，言路闭塞，玄宗李隆基对民生大事全然不知。

朝廷官员几乎全都归拢在杨国忠门下，杨国忠可谓是一手遮天，但杨国忠既没有才干也没有为民请命的仁心，是个不折不扣的小人，终究是弄得朝政混乱，百姓苦不堪言。

 唐 | **27. 安史之乱**

玄宗李隆基晚年耽于享乐，懈怠政事。宰相李林甫口蜜腹剑排除异己，专权十九年，随后杨国忠更是以一己之力将朝廷搅弄得混乱不堪。

杨国忠把控朝廷后与安禄山之间的权力斗争愈演愈烈。杨国忠多次在玄宗面前说安禄山会叛乱，玄宗将信将疑派人侦查，来使被安禄山重金贿赂，得到的自然是安禄山忠心耿耿的话。杨国忠不死心，又对玄宗说安禄山图谋不轨，如果召他进京，他一定不会来。玄宗于是下令召见安禄山，却也来了。

天宝十三载（754年）正月，安禄山到华清宫拜见玄宗李隆基，趁机哭着诉苦，说自己是外族人，不识得汉字，因为皇上皇恩浩荡才得以越级提拔，却让杨国忠愤恨想要杀他。

这么一番哭诉，玄宗为了安抚安禄山，也为了彰显自己的宽容大度，于是对安禄山更加亲密了，并任命他为左仆射。安禄山趁着玄宗对他的信任，极速揽取权力，把马场、牧场都控制在自己手中。

这年三月一日，安禄山离开长安，急忙出了潼关，日夜赶路回到范阳。

天宝十四载（755年）六月，玄宗李隆基与杨贵妃在华清宫避暑，等到秋天才返回长安。安禄山上表请求献马，共三千匹，玄

27. 安史之乱

宗派遣使者前往范阳,说:"献马更适合等冬令。十月的时候,你可以直接过来,朕在华清宫特凿汤池,与卿洗尘。"

等到了时间,玄宗召安禄山进京,安禄山却以生病推辞了。

同年十一月,安禄山与高尚、严庄等人密谋,佯称奉玄宗李隆基的密令入朝讨伐杨国忠。安禄山率领各族骑兵、步兵十五万,在范阳起兵,向南边大肆进军。

自太宗李世民统一中原,国内百姓已经几代没有见过战争了,听说范阳起兵这件事一个个全都震惊不已。河北原本就是安禄山统辖的,安禄山所经过的地方几乎毫无抵抗。

当时,玄宗李隆基还亲至华清宫,督令凿汤池,准备等安禄山来和他洗尘,正与杨贵妃游玩之际,忽然有人进来禀告说:"安禄山反了!请陛下火速遣兵,北讨反贼。"玄宗李隆基大惊却还没有全然相信,问道:"有此事吗?恐系谣言。"

直到十一月十五日，河北郡县全都降贼的消息传来，玄宗这才相信安禄山是真的造反了，立即召见宰相杨国忠商议对策。随后任命安西节度使封常清兼任范阳、平卢节度使，防守长安，又命荣王李琬为元帅、左金吾大将军高仙芝为副元帅东征抗击安禄山。

十二月十二日，安禄山攻入洛阳，杀死东京留守李憕、御史中丞卢奕，河南尹投降安禄山。第二年，安禄山自称雄武皇帝，国号大燕，在洛阳定都。

安西节度使封常清退守潼关，和高仙芝采取以守为主的战法，坚守潼关不出。玄宗却因为听取了监军宦官的诬告，以"失律丧师"的罪名斩杀了封常清、高仙芝，令陇右节度使哥舒翰为兵马副元帅，率领军队二十万镇守潼关。

潼关地形险要易守难攻，哥舒翰进驻潼关后立刻加固城防，采取封常清、高仙芝固守潼关的战法。

天宝十五载（756年）正月，安禄山让次子安庆绪率兵攻打潼关被哥舒翰击退，如此打了几个月都没能攻进潼关，无法西进。安禄山眼看强攻不行就想诱敌出城，将精锐部队隐藏起来，装出不堪一击的样子，玄宗李隆基接到叛将崔乾佑的情报说陕洛"兵不满四千，皆羸弱无备"，于是不顾哥舒翰的劝谏强行命令他出兵收复陕洛地区。

当时，唐朝大将郭子仪、李光弼正在河北攻打随同安禄山一起叛变的将领史思明，接连胜仗进展十分顺利。郭子仪主张哥舒翰坚守潼关、他们二人率领朔方军向北攻取范阳直接覆灭安禄山巢穴的战略。计策当真是可行，奈何玄宗李隆基听信杨国忠，逼哥舒翰出战。

六月初四，哥舒翰被逼无奈领兵出潼关。安禄山手下将领诱

27. 安史之乱

敌深入伏击唐朝军队，大胜。哥舒翰被其手下绑至敌营。

潼关失守的消息传到长安，众人惊慌失措，一片混乱。眼看着安禄山、史思明的军队逼近，玄宗李隆基连忙在乙未日黎明带着杨贵妃姐妹、杨国忠、魏方进、陈玄礼及皇子皇孙等从延秋门出逃。

玄宗一行人逃至马嵬坡，六军将士看着这天下大乱，再看看眼前的罪魁祸首杨国忠，发动兵变杀死杨国忠等人，并迫使玄宗李隆基缢死杨贵妃。

不久，安禄山攻进长安，长安沦陷，安史之乱进入最严峻的时刻。

皇帝都逃了，太子李亨别无选择，七月十三日在朔方诸位将领的催促下于灵武继位，即唐肃宗，改年号为至德，尊逃至成都的李隆基为太上皇。封大将郭子仪为兵部尚书，朔方节度使李光弼为户部尚书，并命二人讨伐叛将。

 # 28. 郭子仪收复两京

至德元载（756年）九月十七日，肃宗李亨派遣广平王李豫、兵部尚书郭子仪为中军，李嗣业为前军，王思礼为后军，率领朔方军及回纥、西域等兵力从凤翔出发向东进军，讨伐叛军。

肃宗为了拉拢回纥部落，让广平王李豫与回纥太子叶护结为兄弟，并与回纥约定"克城之日，土地、士庶归唐，金帛、子女皆归回纥"。

回纥太子叶护很是高兴，与郭子仪带领的唐朝军队一起进攻长安西。官军在香积寺大破叛军，斩敌六万，驻守长安的叛将张通儒连忙弃城逃走，自此长安终被收复。

回纥太子叶护想要按约定执行，广平王李豫对他说现在刚刚收复了京师，如果大肆抢掠那么一定会让东京的人为叛军死守，就很难攻取东京洛阳了，希望收复洛阳后再履行约定。

回纥太子惊讶广平王的智谋，立即跳下马跪拜在李豫脚下，表示他必当率军为其前往洛阳。见此，长安的百姓、军士与胡人全都拜广平王，哭泣道："广平王真不愧汉夷各族的主人！"

广平王李豫整军进入长安城内，城内百姓全都在道路两旁欢呼哭泣。李豫留守长安三天安抚百姓，后任命太子少傅李巨留守西京长安，自己率领大军与郭子仪等人立即向东收复东京洛阳。

28. 郭子仪收复两京

至德二载（757年），大将郭子仪在潼关进攻敌将崔乾佑，攻进潼关。崔乾佑战败，退出潼关，据守蒲津。郭子仪又立即进攻蒲津，赵复等人打开城门迎接，崔乾佑再逃至安邑，后又逃。

永丰仓位于潼关、陕州之间，至关重要，必须夺取。郭子仪派遣儿子郭旰（hàn）攻取永丰仓，杀死敌军一万，夺取永丰仓，郭旰阵亡。

正月初五，安庆绪与严庄、李猪儿串通杀死安禄山。安庆绪自立为皇帝，年号载初，命史思明回守范阳。

河南重镇纷纷陷落，唯剩下军事重镇睢阳。睢阳是江淮流域的重镇，一旦失守，江淮地区再无任何屏障，叛军将阻塞运河割裂中原，也可一路南下再无阻拦。

睢阳太守许远守城，部下张巡指挥作战，仅以一万人守住睢阳十个月，将士们缺衣少食，斩马果腹……终因病饿力竭。等叛军攻破睢阳，全城的兵将仅剩下36人，极其惨烈！但睢阳的坚守为唐

朝从江淮等地继续收取钱粮财富，也为唐朝军队的反攻取得了宝贵的时间。

长安被唐军收复、唐军继续进军的消息传来，安庆绪派遣严庄调兵十万前往陕州与张通儒一起抵抗唐朝军队。郭子仪率军大败叛军，严庄、张通儒逃回洛阳又与安庆绪等再逃至邺城。李泌（bì）劝说肃宗趁机直捣叛军老巢，肃宗忙着迎接太上皇李隆基，没有采纳，从而错失良机。

郭子仪收复东京洛阳，升司徒，封为代国公。

十二月，河东、河西、河南的大部分失地均已收复。郭子仪入朝，肃宗命人在灞上迎接并慰劳他说："国家再造，是你的功劳。"郭子仪连忙磕头致谢，随后奉命返回洛阳，继续北讨叛军。

乾元元年（758年），史思明带着自己率领的十三郡及八万军队降唐，在肃宗的猜忌下，不久又复叛。

九月，在安庆绪逃亡邺城一年之后，肃宗派遣郭子仪为兵马副元帅与李光弼等九位节度使率领各部军队围攻邺城。肃宗为了防范武将权力过大，十万大军不设元帅，并派遣宦官鱼朝恩监军。

邺城被围，安庆绪急忙派人向史思明求援，并许诺让位给他。史思明率兵十三万从范阳南下援救邺城。十二月，史思明击败崔光远夺取魏州，随即按兵不动观望局势。

第二年正月，李光弼建议分兵进逼魏州，从而逐个击破史思明部队，但鱼朝恩不同意。同时，史思明僭称大圣周王。

二月，唐朝军队已经围攻邺城四月之久，士兵疲惫，史思明趁机向唐朝军队逼近并截断了唐朝军队的粮运。

三月初六，唐朝军队在安阳河之北布阵。史思明率领精兵五万与李光弼、许叔冀等人在相州激战，双方皆是死伤惨重。

郭子仪率领军队赶到，却突然遭遇狂风，顿时天昏地暗，双方

28. 郭子仪收复两京

军队皆大惊退去，郭子仪军队溃散退至河阳桥，其他节度使也率兵而退。史思明趁机收集部队将领驻守邺城南部，并诱杀安庆绪及崔乾佑等人。兼并邺城军队后，史思明让儿子史朝义留守，自己率军返回范阳。

五月，史思明更改国号为大燕，自称应天皇帝，年号顺天。

邺城之战可谓是荒唐。监军鱼朝恩压根不懂兵法，反而屡次三番插手战事，唐朝军队在相州溃败，宦官鱼朝恩却将责任全然推给郭子仪，那肃宗正担忧郭子仪权力太大威胁皇权，趁机罢免了郭子仪的兵权。

肃宗李亨为了分权从而宠幸宦官，除鱼朝恩外，肃宗还任用李辅国、程元振等人，让他们插手军政大权，自此，宦官势力日益猖獗。因为少年夫妻共同患难的缘故，肃宗李亨十分宠爱张皇后，还纵容她干预政事。总之，朝政局面很是怪异。

29. 李辅国擅权

上元元年（760年），肃宗剥夺大将郭子仪兵权后再次任命他为节度使，并让他担任兵马都统。九月，郭子仪率领各路军队再次攻取史朝义占据的范阳，却又因宦官鱼朝恩干涉而被破坏。

第二年二月，李光弼、仆固怀恩等人战败，史朝义趁势再次攻陷洛阳。消息传到长安，肃宗李亨不由得心急，再次倚重郭子仪等人。

三月，史思明攻打陕州时被唐军挡住，暂时退守永宁，并下令一个月内筑三角城储备军粮。其子史朝义领命率军士日夜筑城，还没来得及用泥抹外墙，史思明巡视，见此情形不由得大怒，扬言要杀掉史朝义、骆悦等人。史朝义等人又惧又恨，于十三日夜里发起动乱将史思明杀死。

年末，肃宗李亨罹患重病，无法处理朝政，于是命令太子李豫监国。

上元三年（762年）二月，朔方诸军都统李国贞与河东节度使邓景山在平定叛军中相继被杀，其手下部将有动乱的趋势。朝廷此时也是各自揽权，张皇后素来得到肃宗的宠爱，加上她对掌控权力的野心，于是想要除去太子李豫，让自己的儿子成为太子。此前，张皇后也经常与李辅国等人勾结，暗中谋害太子，只是李

29. 李辅国擅权

辅国之后看出太子李豫地位稳固，于是渐渐疏离张皇后。

朝廷各路势力害怕李国贞与邓景山的军队与叛军联合，又急忙将被挤压的郭子仪请出来担任兵马副元帅，并封他为汾阳郡王，驻守绛州。

当时，肃宗已经病危。郭子仪对人道，自己接受任命将是要死在外地了，死不足惜就是见不到陛下不能瞑目。肃宗听到后，立即命人将郭子仪请到自己寝宫，恳切地说："河东的事情全都拜托你了，一番君臣惜别。"

郭子仪率领部下疾驰赶往治地，立即诛杀为首作乱的王元振等几十人，以铁腕震慑住动乱的军队。各地将领皆畏惧郭子仪，不敢再作乱。

李辅国是肃宗李亨的心腹，历任元帅府行军司马、开府仪同三司、知内侍省事等要职，为了巩固自己的恩宠，他向肃宗上奏说："上皇居兴庆宫，每天与外人交通，陈玄礼、高力士相谋，恐怕对陛下不利呀。如今六军将士尽掌握在灵武勋臣手上，让人不安，臣虽然不理解陛下的做法，但也不敢不告知。"

他还在肃宗患病之时，私自将玄宗迁居西内。随后上奏吹耳边风，借此清洗玄宗身边的人，高力士被流放巫州，陈玄礼被勒令致仕，玉真公主也被迫出居玉真观。玄宗晚年好不凄惨，从而日夜忧郁。四月初五，玄宗李隆基驾崩，葬于唐泰陵。

玄宗骤然去世，肃宗得知消息不免悔恨交加，忧思悲痛下，病情骤然加重，已然是病危了。当时太子李豫监国，楚州献上了十三枚宝玉，群臣上表祝贺，并向肃宗上奏说，太子曾经封为楚王，现在楚州献宝玉，是祥瑞，适合改年号，于是肃宗李亨改上元三年为宝应元年（762年）。

张皇后惧怕太子李豫"功高难制"，又因李辅国专权自己被挟

制，于是又想要借助太子李豫之力，除去权宦李辅国。

太子知道李辅国树大根深，绝非一时能够除去的，果断拒绝了张皇后。

眼见太子李豫现在就不听自己的话，将来怕更是会阻碍自己干涉朝政，于是张皇后与内官朱辉光等人谋划废掉太子李豫，改立自己的儿子越王李系。在肃宗李亨病危将死时，张皇后发动政变，假意召见太子李豫进宫，准备伺机杀掉太子。

程元振得知消息后连忙告诉李辅国。李辅国当机立断，阻止太子李豫进宫并出兵保护太子，之后率兵将张皇后及李系等人全都逮捕，张皇后被囚禁在别殿。当天夜里，肃宗李亨病死。

李辅国与程元振一同进入飞龙殿，请太子李豫穿素服，出九仙门与宰相等人相见，告知肃宗李亨驾崩一事。

太子李豫在灵柩前继位，是为代宗。代宗李豫登基，发布第

29. 李辅国擅权

一道诏书，任命长子李适为天下兵马元帅，平定叛乱。

李辅国、程元振仗着拥立代宗李豫之功，越加专横恣意，李辅国更是自命为定策功臣，对代宗说："但居禁中，外事自有老奴处分。"

李辅国这番话无疑是想直接将代宗李豫架空，自己揽权当政。代宗自然是心中不平，但奈何李辅国手握重兵，又加上拥立自己有功，代宗无法直接指责呵斥，只好隐忍，表面上对李辅国极力加尊，称呼他为尚父，朝中的事情，无论大小都向李辅国咨询，就算是群臣前来，都会让他们先去李辅国的府邸。

宝应二年（763年）春，史朝义部将田承嗣投降，将莫州献给朝廷，并将史朝义的母亲及其妻子、子女送至唐军。得知消息，史朝义率领五千骑逃亡范阳，中途得知其部下李怀仙已经献范阳投降了，无路可走之下，史朝义在林中自缢，其余部将纷纷投降。至此，长达七年的安史之乱终于结束。

 ## 30. 代宗出逃

李泌是跟随肃宗平叛的谋臣，素来有大才，当时可谓是"权逾宰相"，李辅国、崔圆等人对李泌很是嫉妒。后来李泌遭到李辅国的诬陷，于是再次隐居衡岳。

代宗一直都知道李泌有宰辅之才，于是又将他召了回来，放在身边当翰林学士，却仍被与李辅国交好的中书侍郎元载等人排挤。

李辅国权势滔天，代宗李豫以荣宠膨胀李辅国的野心，明面上给他极大的尊崇，暗中却在一步步架空李辅国的兵权。最后找到机会，派遣刺客将李辅国暗杀。李辅国死后，代宗为他拟谥号为丑。

安史之乱全部平定后，战功彪炳的藩镇将领们遭到代宗的猜忌，而安史之乱让更让代宗不敢再信任重用武将，为了打压将领，郭子仪、李光弼等全都被明升暗降，剥夺了兵权。蕃人出身的仆固怀恩更甚，即使他在平定安史之乱时，立下了不可忽视的战功，也仍旧被代宗猜疑，压下战功。

为了平定朝堂局势，代宗重用宦官，如程元振、鱼朝恩等人。随同其父镇守安西四镇十年、收复两京立下大功的来瑱却因为得罪宦官程元振、王仲升被贬为播州县尉，途中更是被直接赐死。

30. 代宗出逃

物伤其类，仆固怀恩得知后又惊又惧。

广德元年（763年），仆固怀恩奉命护送回纥的登里可汗及其光亲可敦（仆固怀恩的女儿、女婿）回漠北。宦官骆奉先向朝廷诬告仆固怀恩与回纥勾结图谋不轨。代宗听此消息，派遣颜真卿去召仆固怀恩入京。颜真卿献计，说仆固怀恩所带领的朔方将士都是郭子仪的旧部，不如直接派郭子仪去收其部将，兵乱自然消弭。代宗一听，觉得这个办法好，就派郭子仪去了，仆固怀恩满腹委屈却因害怕被杀只能服从。

之前为了平定安史之乱，朝廷相继召回安西、北庭等地的军队，吐蕃乘虚而入向北蚕食并攻占了陕西凤翔以西、邠州以北的十多州，一步步向中原逼近。

九月，吐蕃大肆入侵，守卫边疆的将领连忙向朝廷告急，而宦官程元振得到消息却隐瞒不报。

十月，吐蕃一路东侵，直接打到了关中西部的武功一带，接着攻打泾州，刺史高晖献城投降后领着吐蕃紧逼而来。

当吐蕃浩浩荡荡地深入邠州后，代宗才得知吐蕃连同吐谷浑党项氏羌二十多万人打了过来，且已经占据了邠州，不由得骇然："虏众入境，如何有这般迅速？莫非边境各吏，统死了不成。"

却并非边境将领守城不力，而是先前平定安史之乱，军士将领内部损耗严重，加上朝廷内部消息闭塞，如此种种导致吐蕃引兵入关。

代宗紧急召集群臣商议对策，命令雍王李适为关内元帅，再次将一直赋闲的郭子仪请出来，为副元帅，出镇咸阳。

自郭子仪被罢免了兵权羁留在长安后，他部下的将领全都离散，等郭子仪接到关内副元帅的任命时，可悲可叹的是麾下仅有二十个骑兵。郭子仪却是临危受命，带着这二十个人疾驰咸阳，抵达时，吐蕃已经攻下了奉天、武功，渡过渭水，沿着南山方向朝东进军。

得知消息，郭子仪立即派遣使者王延昌上奏朝廷，请求迅速增兵，却又被宦官程元振阻止。又因长安的蕃将几乎全被遣散，长安周围的驻军也不多，从而渭北行营兵马使吕月将战败后，吐蕃兵轻而易举地渡桥，攻打长安。代宗李豫惊慌失措，连忙带着妃嫔与雍王李适等人逃奔陕州，长安官员也疲于四处藏匿，军队无人领导溃散四逸。

听闻京城告急，郭子仪急忙从咸阳赶回长安。等到郭子仪赶到，代宗早就出京，正撞见王献忠领着四百骑兵胁迫丰王李珙等人出门迎接吐蕃军队，郭子仪疾声叱问王献忠等人往哪里去。

王献忠惧怕，下马对郭子仪说："现在陛下东迁，社稷无主，将军身为元帅，为什么不另立新君，如此才不辜负民望。"

30. 代宗出逃

不等回应，丰王李珙接着就问，"公奈何不言？"

郭子仪立即责备丰王李珙，"这天下哪有这样的道理。"

其左侧的王延昌也立即说道："上虽蒙尘，却没有失德，你们竟敢说出如此大逆不道的话？"

呵斥了丰王，郭子仪又冷声呵斥王献忠，"你敢迎降虏众吗？快护送诸王至陕，免遭重谴。"

王献忠对郭子仪很是忌惮，不敢违命，于是带着丰王李珙等人往东边陕州也就是唐代宗李豫那里赶去。郭子仪见长安几乎是座空城，于是率兵出城，另行募兵，之后直奔蓝田，遇到元帅都虞候臧希让、凤翔节度使高升等人，总算有了近千士兵。又命先行王延昌去商州安抚，郭子仪自己率兵出发前去商州。

代宗李豫担心吐蕃兵东出潼关，于是给郭子仪下诏让他到陕州。郭子仪立即上奏说不光复长安就没有脸面见陛下您，他若是出兵蓝田，吐蕃兵绝对不敢东出。代宗李豫应允了，并给予郭子仪便宜行事的权力。

 唐 | **31. 诛除鱼朝恩**

不久,郭子仪用计攻取长安,吐蕃占领长安十五日就被其退走。

宦官程元振因为之前隐瞒吐蕃兵寇边一事被百官问罪,十分害怕遭到清算,于是劝说代宗李豫在洛阳定都。代宗十分宠幸宦官,听到程元振定都洛阳的建议后也应允了。得知消息,郭子仪立即上表劝谏,代宗犹豫再三才决定返回长安,赐郭子仪铁券并将他的画像挂在凌烟阁上,同时,代宗册立长子李适为皇太子。

宦官鱼朝恩因为率领陕州及神策军迎接代宗李豫等人,保驾有功,被封为天下观军容使,并统管守卫京师的神策军。宦官的权势进一步扩张。

代宗李豫返回长安后,裴遵庆被罢相,颇受代宗喜欢的元载更加得到重用。而宦官鱼朝恩掌握宫中禁军,为人嚣张跋扈,屡次干涉朝政并对宰相动辄加以侮辱,元载对此很是不满,从而与宦官董秀以及中书主书卓英倩交好。

元载知道代宗李豫早就不满鱼朝恩大肆揽权、嚣张跋扈,又因鱼朝恩手握大权,代宗即使忌惮也不好随意动作。他不敢当面与鱼朝恩起冲突,就暗中向代宗告密,列举了鱼朝恩种种罪行,并建议代宗将鱼朝恩除去,正合代宗心意。

31. 诛除鱼朝恩

代宗心有所动，授意元载策划行动，寻找机会除去鱼朝恩。

广德二年（764年）正月，仆固怀恩因骆奉先陷害，被迫反叛，放纵手下士兵肆意劫掠，代宗李豫命郭子仪兼任河东副元帅，平复叛乱。

仆固怀恩的儿子仆固玚（chàng）被部将张惟岳杀死，张惟岳领着军队投降了郭子仪。消息传来，仆固怀恩吓得丢下老母往灵州逃亡去了。

九月，代宗李豫罢去了郭子仪司徒的职位，让他担任招抚观察使，想要抑制郭子仪的兵权。

第二年也就是永泰元年九月（765年），仆固怀恩声称代宗李豫驾崩，再次引来吐蕃、回纥、吐谷浑等部落共三十万人从华阴一路朝着长安挺进，大肆侵略。得知消息，整个长安都惊恐不安，代宗李豫再次紧急召见郭子仪，命他屯驻长安北面的泾阳，自己

则亲自领兵驻守苑中。

郭子仪赶至泾阳时,吐蕃等敌军已经将城围住。回纥首领原以为郭子仪已死,代宗李豫驾崩,这才答应仆固怀恩出兵,却没想到原本以为已经死了的郭子仪竟然出现在战场,不由得惊骇,又听手下说郭子仪单骑来见他,赶忙出面相迎。

郭子仪责备他不顾大义,后又劝他退出叛军,回纥首领本就惊惧,哪有不答应的,连忙说好。此时,仆固怀恩突然病死,郭子仪说服回纥与朝廷联合后,对吐蕃等敌军发起反攻,在灵武台西原大败吐蕃,斩首五万,生擒活捉者也有数万人。

大历元年十二月(766年),华州节度使周智光突然反叛,代宗再次命令郭子仪率领军队讨伐。听到是郭子仪领兵,华州将领连忙杀死周智光,将其首级送往了朝廷,可见众人对郭子仪的敬畏。

第二年,吐蕃军再次入侵泾阳,被郭子仪击退。

第三年,吐蕃又一次入侵灵武,郭子仪屯驻奉天,其部将白元光击破吐蕃军。

吐蕃军频繁入侵,代宗在朝廷群臣的上奏下,命郭子仪兼任邠州、宁州、庆州节度使,并驻守邠州,以此震慑蠢蠢欲动的吐蕃。

大历五年(770年),升任宰相的元载在代宗的授意下,开始尽力除去大权在握的鱼朝恩。元载用重金贿赂鱼朝恩的亲信周皓、皇甫温,随即制定了逮捕鱼朝恩的方法。

寒食节宴会结束,代宗李豫用讨论事项的借口,将鱼朝恩留了下来。等鱼朝恩进来,代宗立即大发脾气,故意责难鱼朝恩图谋不轨,面对皇帝突如其来的怒火,鱼朝恩下意识为自己辩护。周皓抓住时机按照先前计划,将鱼朝恩擒住,代宗将其缢杀于内

31. 诛除鱼朝恩

侍省。

除去鱼朝恩后,元载自恃功高,认为满朝文武没有人能比得上自己,而代宗的宠信更是让他志得意满,越发认不清自己的位置。

没有了鱼朝恩的压制,元载竭力揽权,甚至向代宗上奏,要求吏部、兵部对六品以下官员的任命不得检验考核,代宗批准了。元载借此机会将朝政大权掌握,但其人德不配位,贪财受贿,一味地任用亲信,随意排除异己,导致朝政局面很是糟心。

元载势力对朝廷的渗透让代宗升起了警惕之心,但这个自己一手扶持上来的宰相在代宗心中还是有分量的,又加上没有合适的时机,代宗只好暂时放任。

大历六年(771年),李少良向代宗上奏,陈述元载的恶迹罪行。元载知道后,编排了不少罪名,直接在公府将李少良等人仗杀。如此残暴狠戾,又是大权在握,让其余的官员都不敢公开议论元载。

32. 元载擅权

大历八年（773年），原先是安禄山部将后来归降朝廷的魏博节度使田承嗣公然为安禄山、史思明父子建立祠堂，尊为"四圣"，并上表朝廷说自己要担任宰相。

当时，田承嗣趁着朝廷休养生息，暗中积蓄力量，在自己管辖的地区内收取重税，强行征兵，短短几年，就已经有了十多万部众。

朝廷刚刚经历安史之乱，国力衰弱无法再进行内耗，代宗对田承嗣只能软意温存，派人去劝田承嗣毁掉四圣祠，为了安抚更是将其升为雁门郡王。不久，代宗又将永乐公主嫁给田承嗣的儿子田华，希望借此笼络田承嗣，但奈何田承嗣就是个混账，生性凶狠顽劣、贪得无厌。

大历十年（775年），田承嗣怂恿昭义军裴志清举兵作乱，自己借机袭取相州，对于朝廷让他恪守本境的命令丝毫不理，最终占据了相、卫四州之地。

外有田承嗣等封疆大吏桀骜不驯，内有元载势大，代宗很是焦虑。

王缙虽也是宰相却没有实权，凡事附和元载，与元载一起结党营私，这让代宗李豫更是不满，想收回被元载把持的朝政大权，

32. 元载擅权

奈何元载树大根深，无法随意撼动，代宗也只好徐徐图之。

当时，李泌深得代宗看重，惹来元载的嫉妒，几次三番想要加害。考虑到元载嚣张气焰，这个时候将李泌留在京中无疑将会是元载的眼中钉，恰好江西观察使魏少游上奏，说李泌有处理政务的才能想要他当自己的僚佐。代宗觉得这是个好机会，于是暗中对李泌说："元载不肯容卿，朕今令卿往江西，暂时安处。俟朕除载后，当有信报卿，卿可束装来京。"

李泌是代宗李豫看重的能臣，让李泌暂避元载的锋芒调离京城，如此既可以麻痹元载，故意做出一副厌弃了李泌的模样，也能保住他。

果然，李泌被代宗调离京城后，元载误认为代宗还像以往那样对自己青睐有加，私认为李泌什么的，都只是过眼浮云，哪比得上自己在代宗心中的位置。

元载更加肆无忌惮，与宰相王缙大肆贪财，先前成都司录李少良上奏揭露其罪行却被元载诬陷乃至杖毙，代宗李豫气急却也只能暂且忍让并将浙江观察使李栖筠（yún）召入朝中，任命他为御史大夫，想要借此遏制元载膨胀的势力。

李栖筠刚正不阿，有王佐之才。肃宗李亨在位时，声誉超过崔器等人，李光弼守卫河阳时，特意邀请他出任行军司马兼粮料使，之后一直被重用。

等代宗继位，李栖筠先是支持礼部侍郎杨绾（wǎn）奏请设置五经秀才科的提议触及元载的利益，随后，李栖筠升任工部侍郎，整修水利，声望日隆，严重威胁到元载的地位，也遭到元载的嫉恨，被外调为常州刺史。

再次被代宗召入朝中，李栖筠仍旧刚正不阿，不屈服元载逼人的权势。上任不久，李栖筠就上奏弹劾吏部侍郎徐浩、薛邕以及京兆尹杜济虚,揭露他们黩货卖官、欺君罔上的罪行。此三人皆是元载党羽,代宗收到李栖筠的揭发后,让礼部侍郎于劭查理,于劭也是元载党羽,对这三人多加袒护。李栖筠怒而再劾,代宗抓住机会,将这四人一同贬出京城。

这件事彻底引起了元载对李栖筠的杀意,屡次想要加害。代宗李豫有心想要重用李栖筠甚至想任他为宰相,却又忌惮元载,从而对李栖筠的许多主张都犹豫不决,这让一心诛除逆贼肃清朝纲的李栖筠很是忧愤。

大历十一年(776年)三月,李栖筠病逝。代宗悲痛,追赠李栖筠为吏部尚书并赐谥号"文献"。

李栖筠的死恍若一个信号,元载得知后更是气焰嚣张,而代宗却是更加坚定了诛除元载的心思,升杨绾任太常卿、礼仪使,借机考察。

32. 元载擅权

大历十二年（777年），代宗与生母胞弟左金吾大将军吴凑谋定，准备诛除元载。

三月，有人密告说元载图谋不轨，代宗李豫立即步入延英殿，命令吴凑率领禁兵逮捕元载、王缙，将他们囚禁在政事堂，并将二人的亲吏、儿子拘捕下狱。随后，代宗李豫命令吏部尚书刘晏、御史大夫李涵、吏部侍郎常衮等人共同审讯。元载被诛，王缙因刘晏说情，于是代宗贬王缙为括州刺史。

诛除元载后，代宗李豫升国子监祭酒杨绾为中书侍郎、同中书门下平章事、集贤殿崇文馆大学士兼修国史，升礼部侍郎常衮为同中书门下平章事。

担任中书侍郎不久，杨绾染痼疾，于是上疏辞职。代宗李豫好不容易抓到一个能臣，眼看没人能顶上来就没有同意，让杨绾在中书省休养。每次在延英殿引见杨绾时，代宗都让人搀扶，对杨绾十分礼遇。朝政的改革几乎全都由杨绾决断，当真是朝廷的顶梁柱。

七月十二日，杨绾因中风病逝，代宗闻讯后，悲悼许久，更是为此辍朝三日并下诏追赠杨绾为司徒。

 唐 | **33. 德宗初政**

都虞候李灵曜勾结田承嗣作乱,朝廷任命淮西、永平、河阳三城以及淮南、淄青五镇一起出兵讨伐李灵曜,李灵曜接连失败,连夜出逃被俘。田承嗣连忙收拢兵马上表请罪,代宗李豫赦免田承嗣援救叛军的罪行,许他不用入朝。

当时,田承嗣已经占据了魏、博、相、卫、洺、贝、澶七州,

33. 德宗初政

拥兵自重,与其他藩镇紧密勾结,对此,代宗即使想要收拾田承嗣也束手无策。

大历十四年(779年)五月初二,代宗李豫病危,短短十来天,就已经病得无法上朝。五月二十一日,代宗命太子李适监国,当天夜晚,代宗李豫在长安大明宫紫宸内殿驾崩并留遗诏召郭子仪入京。太子李适在太极殿继位,时年三十八岁,是为德宗。

德宗李适继位后,依照代宗李豫的遗诏,将郭子仪召入朝中并尊其为尚父,升郭子仪为太尉兼任中书令,将郭子仪副元帅的武职罢黜,从而将兵权收回,并让他自己的部将李怀光、常谦光等人分领节度使。

德宗又封陇右节度使、宁郡王朱泚(cǐ)为宁王兼任同平章事。郭子仪与朱泚虽是兼任将相却没有干预朝政的权力,唯有状元及第的宰相常衮独揽朝政,经常代替郭子仪、朱泚署名。

中书舍人崔祐甫与常衮素来不和,在群臣讨论丧服一事上,崔祐甫建议遵守遗诏臣民三日释服,常衮与他意见不一致认为群臣应该服二十日才除丧服,两个人争论不休。

常衮向德宗李适上奏说崔祐甫不尊礼节,应该贬斥,上表中常衮又署郭子仪、朱泚二人的名字,于是德宗将崔祐甫贬为河南少尹。得知此事后,郭子仪、朱泚立即上表称崔祐甫无罪,并说明他们并没有在常衮的奏请上签名,实是常衮私自署名。德宗恼怒常衮有欺君罔上的嫌疑,于是将常衮贬为潮州刺史,让崔祐甫代任宰相。

任命崔祐甫为宰相后,德宗李适下旨诏告天下,停止诸州府、新罗、渤海岁贡鹰鹞,之后又下诏山南枇杷、江南柑橘每年只许进贡一次来供享宗庙,其余进贡全部停止。不久,又下令天下不得进贡珍禽异兽,同时裁撤了宫中的梨园使及伶官三百多人,还

放出一百多宫女，可以说是勤俭节约了。

德宗生辰那日，四方送来的贡献全都被退还，并将藩镇李正己、田悦进献的三万匹缣全都归于度支，充作田赋，又命吏部尚书刘晏兼任管辖度支出纳事宜，授刘晏为左仆射。

宰相崔祐甫向德宗上奏说杨炎有大才可以重用。杨炎须眉俊美、文藻雄丽，为人豪爽尚气，素来有才，因先前依附宰相元载被舆论批评，后来元载被赐死杨炎也遭到牵连，被贬为道州司马。

德宗李适也知杨炎有才，在崔祐甫推荐后，德宗将杨炎从道州召回了长安，任他为银青光禄大夫、门下侍郎、同中书门下平章事，总之就是予以重任。

杨炎就这样顶着朝廷面临的种种危机，迎难而上。

十月，剑南节度使崔宁入京，觐见德宗李适，吐蕃和南诏趁机联合入侵川、蜀。德宗原本准备让崔宁返回剑南，杨炎上奏劝阻，德宗于是任命右神策军都将李晟（shèng）为太子宾客，让他率领神策军四千人与左金吾大将军曲环统领的五千范阳军一起援救剑南。

李晟从漏天进兵，连取飞越、肃宁等城，紧接着横渡大渡河，之后击破吐蕃军，斩首万级，吐蕃军全都溃败退去，李晟大胜凯旋。李晟复命后，再次奉旨调军在奉天筑城，正好方士桑道茂请求拜见，于是请桑道茂进来座谈。

两人谈到李晟奉旨在奉天筑城这件事，桑道茂说，祸变不远了，为了皇上，不得不加紧筑城，李晟对此似信非信。

就在这时，桑道茂突然跪拜，李晟慌忙扶他起来，桑道茂不肯起来，向李晟哭泣道："公将来建功立业，必定贵盛无比，只有我自己命微运颓，性命全都悬在将军手上。"

李晟万分诧异，说你又没犯什么罪，就算将来犯罪，我又如

33. 德宗初政

何能救得了你？桑道茂连忙说罪在他日，并从怀中取出一纸，上面署有桑道茂的名字，写着"为贼逼胁"四个字。李晟看后，只觉得茫然无绪，于是笑着问桑道茂想要他如何判呢？桑道茂连忙说，请李晟到时候判'赦罪免死'一语，就是他的再生父母了。

看着一直跪求的桑道茂，李晟想着他素来没什么忤逆不轨的举动，也就勉强答应了，并应了桑道茂的请求将在衣襟上书写了"他日为信"四字的衣服给了他。桑道茂这才拜谢起身，和李晟告别。

再说杨炎任相后，考虑到玄宗推行的租庸调制被破坏，于是向德宗上奏主张推行两税法，德宗再三思虑后下诏以两税法取代租庸调制。

建中元年（780年）正月，群臣为德宗李适上尊号"圣神文武皇帝"。同月，德宗长子李诵被正式册立为皇太子。

34. 田悦叛乱

对于自己一手提拔上来的宰相杨炎，德宗给予了他足够的权力，杨炎也不负德宗的期望，仅仅几个月就做出了常人难有的政绩。推荐李晟率兵入蜀驱逐吐蕃军，主张两税法等，受到了朝廷内外的赞誉。德宗对他寄予厚望。

泾州守将刘文喜起兵叛乱，陇右节度使遂宁郡王朱泚被任命为四镇北庭行军、泾原节度使，出兵讨伐刘文喜。不久，泾州平定，德宗李适加封朱泚为中书令，返回凤翔，泾州节度使一职交移舒王李谟。

地方节度使拥兵自重，对此德宗一向头疼。

恰好去年魏博节度使田承嗣去世，其侄子田悦袭任魏博节度使。田悦拥兵七万，刚上任，河北黜陟使洪经纶就让田悦裁军四万，让其归家务农。田悦收到命令后，无法公然违抗，先是依照命令裁军，随即却将被裁的士兵聚集在一起，说你们在军中这么久，都有父母妻子，现在却被裁撤，以后靠什么为生呢？

这话一出，被裁的士兵们全都大哭，心中怨愤，田悦也是以此故意激怒他们。随后，田悦又拿出自己的财帛、衣服分给这些士兵，让他们返回军中，如此施以恩惠。从此，魏博军全都对田悦感激不尽，对朝廷满是怨恨。

成德节度使李宝臣的儿子李惟岳性子柔软、心胸狭窄，李宝臣

34. 田悦叛乱

担心他控制不住群下，于是在建中二年将骁勇善战的部将辛忠义等二十多个人全都杀死，自己也在三日后病死。

李宝臣突然病死，李惟岳很是担忧，偏偏德宗又拒绝了他代请袭爵这件事。李惟岳又让手下将领联名上奏，请朝廷让自己袭爵，这次德宗又拒绝了。

田悦素来与李宝臣关系亲密，得知李宝臣死后，也向朝廷上奏为李惟岳代请袭爵，但德宗还是不许。

借此机会，之前便有谋逆之心的田悦立即联合李正己援助李惟岳，准备以兵相迫，终是导致三镇叛乱。李正己是当时藩镇势力中最为强大的，趁着汴州李灵曜反叛占领了曹、濮、徐、兖、郓（yùn）五州之地，于是下辖十五州之地，朝廷对他也无法轻举妄动。

成德节度使李宝臣死后，李正己与魏博节度使田悦联合，再邀李宝臣之子李惟岳一起谋反，不久李正己疽病发作而死，其子李纳封锁消息，自领淄、青两胄的军政大权。

田悦命令手下兵马使康愔率领八千兵士围攻邢州，自己带着数万兵马围住临洺，又联合山南东道节度使梁崇义约为援应。德宗李适得闻消息，立即命令淮西节度使李希烈讨伐梁崇义，又命永平节度使李勉防御田悦等人。

得知德宗任用李希烈，宰相杨炎立即进谏道："李希烈是忠臣族子，但为人狠戾无亲，没有功劳的时候尚且倔强倨傲不遵守礼法，若是让他平定了梁崇义叛乱，将来该如何控制这么一个人呢？"对于杨炎的劝谏，德宗没有听，并且加封李希烈为南平郡王，兼任汉南汉北兵马招讨使。

李希烈立即率军从淮西出发，却在途中延宕不进。德宗感到疑惑，同中书门下平章事（宰相）卢杞（qǐ）因为杨炎之前嫌弃他相貌丑陋而记恨在心，于是乘机向德宗进言说，李希烈在途中迁延不

进,恐怕是杨炎一个人导致的,杨炎之前向陛下上奏劝阻李希烈用兵这件事应该是让李希烈知道了,陛下何必因为爱护杨炎一个人耽误了大事,不如暂时罢了杨炎的相位好让李希烈宽心。等到叛乱平定后再恢复杨炎的相位,又有何妨呢?"

这一番言语说动了德宗,于是罢免了杨炎的相位让他徙任左仆射。而李希烈中途延宕不进,不过是因为连番下雨,道路泥泞,不方便快速进兵,并非为杨炎一人。

李希烈进军江淮还没有成功,德宗又收到邢、洺等地告急的消息。泽潞留后李抱真立即上疏请求朝廷速救邢、洺二州。

德宗李适于是连忙授李抱真为昭义节度使,与河东节度使马燧(suì)一起统兵援救,随即又派遣神策军都将李晟率领军队出长安,连同昭义、河东两镇节度使一起讨伐田悦。

这天下果真如桑道茂所言乱了起来,李晟立即整军出发。

田悦围攻临洺数月,城中已经是缺粮少食,危在旦夕。马燧、李抱真合兵八万,从壶关东下,击破田悦的支路军队。收到消息,田悦立即让将领杨朝光率领五千骑兵速往邯郸阻拦马燧、李抱真的军队,随即又让李惟岳出兵五千帮助杨朝光,仍被马燧二人击败,一路杀至临洺。

李晟率领大军赶到,如此,三路大军夹击田悦。田悦溃败,狼狈奔回领地又急忙派人向李纳求助。

李纳收到求助,出兵一万,与田悦、李惟岳等人合兵两万余人,屯驻在洹水。李晟、马燧、李抱真等率兵进驻邺城,与田悦军隔岸对峙。

六月,李希烈大军进驻随州,之后大破梁崇义,进拔襄阳。之后,梁崇义走投无路,投井自尽,李希烈捞出尸首,枭其首级送往长安。德宗听闻襄阳已经平定,大喜,立即加封李希烈为同平章事。

 ## 35. 四镇之乱

建中二年（781年）十月，因徐州刺史李洧（wěi）（李纳从父）归降朝廷，李纳立即派遣王温等人攻打徐州。李洧派遣牙将王智兴向朝廷告急，五日进入京都，德宗闻讯命朔方大将唐朝臣、宣武节度使刘洽等人援救徐州。

唐朝臣率兵赶往徐州，李纳也派遣将领石隐金率领一万人援助王温，两方军队在七里沟相遇。马军使杨朝晟向唐朝臣献计，兵分两路夹击王温，唐朝臣让他带着骑兵在山曲间潜伏，自己则率领部兵列阵等待李纳的军队。

王温这边得知石隐金带领的援兵快到了，立即与魏博将领率领军队前往会和，准备夹击唐朝臣，却不知早就中了对方的埋伏，这一入山西就被杨朝晟出其不意地冲散队伍。而石隐金还没能和王温碰面就被宣武军杀退，王温大败，徐州解围，从而打通了东南漕运。

梁崇义兵败而死。得闻消息，田悦、李纳、李惟岳等人仍旧联兵抗命，与李晟、马燧等人相持不下。马燧与李晟合兵在洹水攻打田悦，田悦大败，连忙带着精锐骑兵逃往魏州，魏州守将李长春关闭城门，不让田悦等人进来，想等到朝廷官军追至，直接献城出降，但马燧等人滞留原地不进军。

李长春等至天明也没有等到朝廷军队，万般纠结下，只好打开城门迎接田悦。

田悦一进城，气愤至极，先是杀死李长春，而后哭着对将士说："我田悦靠着伯父余荫，得以与你们同甘共苦，如今败亡到这一步，不敢偷生。但我苟且偷生的原因，只是由于淄青、恒冀的子弟未能承袭职位。既不能得到皇帝的恩准，乃至于用兵，以致生灵涂炭。我只因老母尚在，不敢自杀，希望你们杀了我来换取富贵，免得与我同死。"

说完，就将身上的刀具解开投掷在地上，直接跪下。

将士们连忙扶起田悦，说："我们现在有兵马，还可以与朝廷一战，即使不成功也愿意与将军同死。"田悦于是与将士们断发为誓，约为兄弟并将先前征敛的钱财犒赏士兵，镇定众人心思，恢复士气。

刘洽、唐朝臣击溃王温，李纳被迫退守濮州，向田悦征兵。田悦让遣军使符璘率三百骑将淄青军送归李纳。符璘父劝诫他说："我已经老了，之前安禄山、史思明等人相继叛乱最终都被平灭，田悦效仿他们造反，不久也必然被灭，如果你能弃暗投明顺应朝廷，使我名扬后世，就算是死了也甘心啊。"

符璘告别其父后，立即与副使李瑶奔去投降马燧。

得知符璘降了，田悦大怒，灭了符璘全家。

不久，田悦接连失去了博州、洺州，大怒之下，也只能坚守魏州，并加固城防。

朝廷大军压境，李惟岳手下大将易州刺史张孝忠献易州归降，德宗命张孝忠为成德节度使，并与幽州节度使朱滔一起出兵讨伐李惟岳。张孝忠为儿子聘娶朱滔女儿，两人结为儿女亲家，联兵围住束鹿。

35. 四镇之乱

建中三年（782年）正月，束鹿守将孟祐急忙向李惟岳求救，李惟岳让兵马使王武俊为先锋，自己督军为后应，援救束鹿。那王武俊与李惟岳本就有嫌隙，这次被派为先驱，王武俊心想：我若是攻破朱滔，李惟岳必定军势高涨，将来定会杀了我，我又何必自寻死路。于是王武俊赶到束鹿后，还没有和朱滔开打，自己就退了。

等到李惟岳赶到，被以逸待劳的朱滔、张孝忠打得措手不及，李惟岳烧毁营地逃遁，朱滔乘胜围住深州。

没过多久，赵州守将康日知举城投降朝廷，李惟岳立即派牙将卫常宁率领步兵五千，与兵马使王武俊率领的八百骑兵前往赵州，讨伐康日知。

王武俊知道李惟岳不信任自己，害怕遭难，于是王武俊以其子王士真为内应，打开城门迎接王武俊，之后闯入府门杀死李惟岳，将李惟岳首级送到京城。

同年二月，定州刺史杨政义降了张孝忠。

朝廷论功行赏，任命张孝忠为检校兵部尚书、义武节度使；加封王武俊为检校秘书监兼御史大夫⋯⋯朱滔被封为检校司徒，向朝廷请求将深州给他，被拒绝了，只得了德州、棣州，还要继续镇守幽州。而深州、赵州则被朝廷给了康日知。对此，朱滔心存埋怨。

当时，田悦仍旧被马燧围困，形势危急，想了个法子，派人用了离间计策反朱滔、王武俊二人。朱滔中计，不听表兄刘怦的劝告，执意与王武俊联兵援救田悦。

康日知得知后立即告诉马燧，又奏禀朝廷。德宗考虑到田悦还没有被平定，不适合激怒朱滔，于是封朱滔为通义郡王，希望借此安抚他。可朱滔并没有就此罢手，直接派兵与王武俊一起包

围赵州，率兵援助田悦并在束鹿驻军，德宗李适这才命令马燧、李怀光回击。

　　十月，朱滔在魏州西郊祭天，自称大冀王，王武俊称赵王，田悦称魏王，李纳称齐王，此四人皆称王，四镇动乱反叛，史称为四镇之乱。

36. 泾原兵变

建中三年（782年），德宗李适封李希烈为检校司空兼任淄青节度使征讨李纳。李希烈领兵后立即前往许州，随即屯兵不进，且派遣心腹李苴暗中约见李纳，两人结为唇齿，秘密图谋汴州。

李希烈又传檄文给河南都统李勉，要求借道，李勉知道李希烈不怀好意于是拒绝并严加守备。随后，李纳派遣游兵引导李希烈阻断汴州运输粮饷的道路，李勉无奈，只好凿通蔡渠运道，从而引运东南粮饷。李希烈又与朱滔、王武俊等人秘密联系，拖延时间，不久朱滔等人称王并尊李希烈为帝。李希烈自号建兴王、天下都元帅，至此，彻底与朝廷撕裂。

五镇称王，战乱蔓延半个天下，黄河下游地区的藩镇几乎都陷于战祸。

朱滔在幽州造反称王后，派人送密信给留居长安的哥哥朱泚，密信被河东节度使马燧截获，奏禀朝廷。得知消息后，朱泚十分惶恐，赶紧向朝廷请罪。

德宗李适并没有将他问罪，而是安抚他说："你兄弟二人相隔千里，当初并非共同策谋，这不是你的罪过。"但德宗终究还是不放心，解除了朱泚凤翔陇右节度使的职务，只增加食邑，让他留在京师。

建中四年（783年）正月，德宗命令各节度使带兵成掎角之势攻讨李希烈、朱滔等五人。当时，李希烈已经攻陷汝州，随即围住郑州，眼看着就要攻取东都，德宗坐卧不安，立即召见宰相卢杞商议对策。

卢杞一直排挤刚正敢言的颜真卿，抓住机会，建议德宗派遣颜真卿招抚李希烈，德宗听从了他的建议，诏令太子太师颜真卿去劝降李希烈。颜真卿领命出发，德宗又派左龙武大将军哥舒曜领兵讨伐李希烈，并任命李勉为淮西征讨使。

颜真卿到了许州，见到了李希烈，忽然被他身边的一群少年持刀围住，口中不断辱骂，几乎要砍杀了颜真卿。颜真卿面不改色，对旁边的李希烈说："这些人想怎么样？"

李希烈这才让少年们退下，对颜真卿道歉："都是些小辈，不要和他们一般见识。"

颜真卿问了问大家的身份，才知道都是李希烈的养子。

等颜真卿念完圣旨，李希烈便开始为自己辩解："我不想反叛，只说因为朝廷不体谅我的难处。"李希烈于是就让颜真卿代替自己去朝廷申冤，颜真卿拒绝了李希烈。李希烈还不死心，又逼迫颜真卿替自己说话，颜真卿呵斥李希烈："你受国家委任，不忠于职守，我只恨自己没有力量杀你，你还敢来劝我替你去朝廷说话？"

不管李希烈说什么，颜真卿都说一片忠心，李希烈又让李元平来劝，颜真卿直接怒责，并不屈从。再三威逼利诱都无法让颜真卿屈服，李希烈只好将他逮捕囚禁。

再说哥舒曜奉命征讨李希烈，其大军挺进，击破李希烈前锋陈利贞，进拔汝州。

四月，哥舒曜率领军队驻守襄城，与李希烈多次交战都未能

36. 泾原兵变

取得胜利。

六月,李抱真让参谋贾隐林到王武俊营中诈降。

王武俊说,如果朝廷下旨赦免诸镇起兵叛乱的罪过,他愿意带头响应投降朝廷,如果有人不听命他肯定奉旨讨伐,如此不负天子不负朋友,不用五十天就能平定河朔。

五镇动乱,久攻不下且兵民两困,眼看局势危急而王武俊却是转机,翰林学士陆贽(zhì)立即上疏,请德宗遣神策六军还朝赦免诸镇将领的罪过,并让李怀光援救襄城……并罢免京城及附近的苛捐杂税消弭众怨,从而安稳社稷。

对于陆贽求稳的建议,德宗并没有采纳,而是一心想要荡平藩镇叛逆。

九月,德宗为了解襄城之围命舒王为荆、襄等道行营都元帅,又令泾原诸道兵马援救襄城。

泾原节度使姚令言率领五千士兵抵达长安。十月天寒,又碰上连绵雨天,士兵们冒雨赶赴长安,又冻又饿,希望抵达长安后得到厚赏,却不料京兆尹王翃犒赏军队只给了些粗茶淡饭,士兵们十分愤怒,将饭菜扔在地上,击鼓呐喊着要回军。

姚令言立即安抚,说到了东都洛阳就会有厚赏,士兵们又冷又饿,此时更是满心愤怒如何听得进去?仍旧喧哗闹腾。

姚令言慌得急忙上奏,德宗大惊,连忙命令赏赐布帛二十车并让普王李谊和学士姜公辅前去安抚。普王二人刚走出宫门,就听到叛军已经斩断城门在丹凤楼下布兵了,慌忙回禀德宗。

德宗慌忙号召禁军御敌,却无一人敢来,于是德宗当天就带着王贵妃、韦淑妃及太子李诵诸王公主等人,从后苑北门往奉天奔逃。史称泾原兵变,又称为奉天之难。

得知德宗逃亡奉天了,姚令言对叛军说:"如今军中没有主

36. 泾原兵变

帅,恐怕事情难以成功,朱太尉(朱泚)幽居在家,我们可以奉他为主。"于是叛军派人到晋昌里迎接朱泚并拥立他为帝。

朱泚大喜,遥封朱滔为皇太弟,并派出三千精兵,名为迎接德宗,实则前去攻打奉天。张掖郡王段秀实想保住德宗、诛杀朱泚,于是伪造文书将三千精兵召回,随后劝说朱泚停止作乱,朱泚不从,段秀实气急用象牙笏击打朱泚,被其部下杀死。朱泚继续围攻奉天。

长安陷落,德宗出逃的消息传开,朔方节度使李怀光、神策军行营节度使李晟等人先后赶来奉天救援。朱泚围攻奉天一个多月,都未能攻下,只好退回长安。

37. 朱泚败亡

泾原兵变后,原本围攻田悦的马燧等将领连忙会师勤王,给了田悦反攻的机会。田悦只觉机从天降,准备与王武俊、朱滔一起袭击李抱真,以此扭转局势。却不料,此时贾隐林再一次游说王武俊,说如今很难战胜朝廷军队,就算胜了利益也是被田悦得了,而一旦失败,反而是他王武俊的成德军大伤元气。王武俊思虑再三,背弃了与田悦等人的约定,归降朝廷。

李怀光救驾功高,难免骄纵。而德宗又听信卢杞的谗言,不肯召见李怀光,这更惹得李怀光心中怨愤,多次上表揭露宰相卢杞、宦官翟文秀等人的罪行,迫使德宗诛杀翟文秀、贬谪卢杞。

建中五年(784年)元日,德宗改称兴元元年(784年),郎中陆贽上疏陈述时弊,近数万言,并请德宗下诏罪己。德宗下罪己诏,即陆贽写的《奉天改元大赦制》,德宗赦免李希烈、田悦、王武俊、李纳、朱滔的罪行,以此安稳江山。

不久,朱泚改国号为汉,改元天皇。

李怀光因恼恨德宗屡次听信谗言,又因为希望同李晟合兵的建议被拒绝,渐渐心生叛意,接连夺取了杨惠元、李建徽的兵将。

此事一出,德宗惊觉李怀光存了不臣之心,于是加封李怀光为太尉并赐他铁券,可赦免三次死罪,以此来延缓时间,想等平

37. 朱泚败亡

定了朱泚等人再来处置李怀光。没想到弄巧成拙，李怀光对着带着铁券的中使，将铁券扔在地上，大声说道："本来还不反。现在赐我铁券，这是逼我反叛吗？"

中使听了，吓得赶紧逃跑了。

朔方左兵马使张名振大声喊道："太尉看见贼人却不出击，对待陛下的使者却不尊重，这是要反叛吗？"

李怀光对他说："我并不想反，只说贼势很强，我在等待时机罢了。你怎么能说出这种以讹传讹的话呢？"

之后，李怀光找了个理由把张名振给杀了。

邠宁留后韩游瑰（guī）收到李怀光约他一起举事的密书，连忙奏禀德宗，并建议德宗削分李怀光的兵权，只以高官厚禄来笼络。德宗却又担忧罢了李怀光的兵权，又能让何人来讨伐朱泚，犹豫不决。

当天傍晚，都虞候浑瑊（jiān）急忙入内奏报，李怀光部将李升鸾前来自首，说李怀光让他做内应，里应外合攻打奉天。眼看李怀光就要打过来了，德宗才下令前往梁州，并让刺史戴休颜留守奉天。浑瑊整出队伍护送德宗一行人向梁州奔去。

三月，魏博节度使田悦被其堂弟田绪杀死，魏州大乱。朱滔立即亲自率兵攻打贝州并让部将马寔（shí）进逼魏州。

得知德宗逃往梁州，已经和朱泚暗中联合的李怀光公然一路追击。德宗连忙让大将李晟任河中节度使兼兵马副元帅，抵御李怀光，并伺机收复长安，又升韩游瑰为邠宁节度使，屯守邠州。

因忧虑担忧朱滔、朱泚两人合兵，德宗任命王武俊为同平章事，让他和李抱真合力攻打朱滔。

四月，李晟泣涕受命，领兵而战，被朱泚和李怀光两面夹击。

当时神策军家属大多都在被叛军占领的长安，李晟为了稳定

军心,流着泪激励士兵说,陛下都背井离乡,我们又怎能只顾念自己的家呢?士兵们都忍不住落泪。

朱泚知道是李晟领兵,于是遣人去劝降,李晟立即将使者处斩,与士兵同甘共苦,士气高涨。

再说韩游瑰奉命进军邠州,崔汉衡亦率领吐蕃军与浑瑊会师。朱泚让部将韩旻前去攻打,败还,浑瑊于是带兵屯守奉天与李晟东西相应,一起进逼长安。

大军逼压,朱泚顿感焦急,连忙让使者带着金帛等物去贿赂各路军队,泾原节度使冯河清手下牙将田希鉴被买通,刺杀冯河清投入朱泚麾下,随即又奉朱泚命令贿赂吐蕃。朱滔亦遣使者到回纥,回纥给了他三千骑兵。

五月,王武俊在贝州三十里外扎营,李抱真也随即赶到,准备攻城。知道两路军马都打到了门口,朱滔连忙让马寔、卢南史

37. 朱泚败亡

带领回纥、契丹军前来应援。

两方交战,朱滔大败逃奔德州,逃到瀛洲后,朱滔以前锋失败的罪名斩杀将领蔡雄等人。

李晟与浑瑊东西并进,在长安城下集兵。二十五日,李晟攻至光泰门,于次日击败朱泚手下骁将张庭芝、李希倩,并乘胜追入光泰门。

二十七日,骆元光击败朱泚的军队。李晟决定不再等待浑瑊,继续进击,之后接连获胜,率军进入长安,朱泚军队溃败,四处逃散。

六月,李晟收复长安,朱泚逃奔吐蕃,在泾州彭原西域屯被其部将杀死。朱滔听闻后,知道大势已去,再加上幽州被王武俊猛攻,只好向朝廷上表请罪。

收复长安,李晟、骆元光立即整顿京师,随后有一刑犯呈入衣衫及一纸判文,李晟看后惊讶不已。原来正是他当年写给桑道茂的判词,问明原因,知道桑道茂的确是被胁从,于是暂系狱中。之后德宗封赏功臣,对于胁从的犯人都按照李晟所拟那般从宽处理,大多赦免,因此桑道茂亦免罪。

七月十三日,德宗一行人返回长安。

 **38. 李泌复出**

自泾原兵变后,德宗被迫逃离长安,可谓是威严扫地。

朱泚败死,朱滔败降。先前田悦已被杀,及德宗返回长安,作乱藩镇将领还有李怀光、李希烈两大叛臣。李希烈占据汴州,自号为帝,并派遣部将翟崇晖围攻陈州,战况胶着。

李希烈亲弟李希倩被德宗诛杀,李希烈大怒,立即派遣使者到蔡州杀了太子太师颜真卿,以此来泄愤。德宗听闻颜真卿死讯,国失一老,不仅悲痛,追赠颜真卿为司徒,加谥号文忠。随后,李希烈督兵攻打宁陵,被刘洽部将高彦昭击破,往汴梁逃遁。

再说翟崇晖攻打陈州,久攻不下。刘洽派遣都虞候刘昌与陇右节度使曲环等人率兵三万援救陈州。曲环与刘昌夹击翟崇晖,将其击溃并生擒翟崇晖,军威大振。李希烈部将李澄献郑、滑二州降唐,会同刘洽军队一起进攻汴州。李希烈害怕汴州失守,留下田怀珍据守,自己奔往蔡州。

田怀珍不战而降,打开城门迎接刘洽军队,汴州平复。

德宗升李澄为汴滑节度使,并召河南都统李勉入朝。

李勉失守大梁,内心惶恐,急忙赶至长安,身穿素服向德宗请罪。德宗原本准备将李勉贬黜,再次应召进入长安的左散骑常侍李泌则向德宗进言说:"李勉为人公忠雅正,不过对战略不娴

38. 李泌复出

熟,陛下你看大梁失守仍有两万多人愿意抛下一切跟着李勉,可以看出李勉平时治理大梁深得人心。况且刘洽是从他麾下出来的,现在刘洽收复大梁,也足以弥补李勉的过错,还请陛下明鉴。"

李泌上奏后,德宗李适只罢免了李勉的都统一职,仍让他担任同平章事。

第二年,德宗改年号为贞元,颁诏大赦。先前被贬的卢杞遇赦得还,转任吉州长史,满心欢喜,说:"我必再得重用。"

没过多久,德宗李适准备任卢杞为饶州刺史,幸而被李勉、李泌等人劝阻,卢杞最后病死澧州。

吐蕃之前援助朱泚攻打朝廷,朱泚败死后,吐蕃又厚颜要求德宗按照之前的约定将安西北庭等地割让,李泌极力劝阻道:"安西北庭的百姓骁勇悍烈足以控制西域捍卫边疆,为何要拱手让给吐蕃?况且吐蕃之前收受贿赂,援助叛贼朱泚,哪有功劳,陛下绝不可割地呀。"

于是德宗拒绝吐蕃使者,并派遣李晟为凤翔陇右节度使,进爵西平王,让他屯田储粮控制吐蕃,又命浑瑊、骆元光等人前去讨伐李怀光。

贞元元年七月(785年),陕虢都知兵马使达奚抱晖用毒酒鸩杀了陕虢节度使张劝,私自代领军队,还上表朝廷求旌节。

德宗见局势危急,派遣李泌为陕虢都防御水陆运使。李泌单骑前往,遣走达奚抱晖又凿山开车道至三门,以便运输军粮。李泌因功升为检校礼部尚书。

第二年九月,吐蕃兴兵进犯陇州,李晟派精兵三千埋伏袭击,大破吐蕃军,之后又派军攻占吐蕃摧沙堡,一路逼压,吐蕃尚结赞连忙多次遣派使者求和。

李晟入朝觐见德宗,说吐蕃反复无常不可相信,宰相韩滉也支持李晟的意见，请求德宗调拨军粮物资给李晟，攻打吐蕃。然而德宗厌恶再起战乱，又疑心将帅们趁机获利，不巧韩滉在这时去世，而与李晟政见不合的张延赏趁机在德宗面前诋毁李晟，并建议派刘玄佐、李抱真主持西北边境军务，让他们立功来压制李晟。德宗竟真的削去李晟的兵权，并任张延赏为宰相，吐蕃因朝廷内部争斗而得以喘息。

贞元三年（785年）三月，德宗在宣政殿召见李晟，册封他为太尉、中书令，又命他在尚书省治事，不让他再掌兵权。同年五月，浑瑊与吐蕃在平凉会盟，却被吐蕃劫持，马燧也因此事被罢免河东节度使的职位。

八月，因郜（gào）国大公主（肃宗幼女，太子李诵岳母）与太子詹事李昇、蜀州别架萧鼎等官员有染，中书门下平章事张延赏想要构陷太子李诵，于是将郜国公主与太子身边人淫乱之事告

38. 李泌复出

发德宗。

德宗命李泌探听虚实,李泌回答道:"臣想这件事定是有人借机动摇东宫,想来别人没有这个能力,大约就是张延赏了。"德宗感到诧异,问他为什么知道。

李泌说张延赏与李昇的父亲素来有嫌隙,随后建议说:"李昇已经被嫌疑,不如罢黜,免得张延赏再借此搬弄是非。"于是德宗罢黜李昇,并逐渐疏远张延赏。

不久,又有人告发郜国公主行厌胜巫蛊之术,祸及东宫。德宗大怒,将郜国公主幽禁,李昇流放,并将太子李诵召入宫中训斥。

39. 李泌劝谏德宗

太子李诵仓皇入内,被德宗一通怒斥,十分害怕,于是效仿肃宗李亨请求与太子妃萧氏和离。这件事让德宗有了废皇太子李诵改立舒王李谊的念头,并把宰相李泌召入宫中商议此事。

德宗对李泌说:"舒王李谊孝友温仁,可以担当重任,扛起这江山社稷。"舒王李谊是德宗李适弟弟李邈(昭靖太子)的儿子,当年昭靖太子早逝,于是德宗将年幼的李谊收养在自己膝下,视如己出,对他十分宠爱。现在更是萌生了废皇太子李诵,而改立舒王李谊的心思。

对于德宗突然想要改立舒王李谊为皇太子的想法,李泌很是惊讶,直接问德宗已经立储,为什么想要废亲子而立侄子?

德宗说,舒王自幼养在他身边,有什么区别?

李泌连忙劝谏说,舍弃亲生儿子而改立侄子不妥,陛下对于自己的嫡嗣都生疑,今后对于侄子能全然信任吗?再说舒王现在恭谨孝顺,倘若听闻了改易储位的事情怕是不会像现在这样了。

德宗勃然大怒,说:"你强行违背朕的旨意,难道不顾念自己的家族了吗?"

李泌并不惊惧,而是详细列举了自贞观以来太子废立的经验教训,并分析太宗李世民对废立太子的谨慎,和肃宗李亨因为性

39. 李泌劝谏德宗

急而冤杀建宁王乃至悔恨之事,以此来劝德宗引以为鉴。

宰相李泌言辞真切,接连在德宗面前争论数十次,终是让德宗打消了废太子的心思。李泌又叮嘱德宗,务必将废太子改立舒王的念头这件事极力保密,也不要让侍从知道,否则将引起动乱,德宗应允。

太子李诵秘密遣人感谢李泌,并说:"若是必不可救,自己就自裁了事。"

李泌连忙派人安慰太子,劝他不要气馁,更不可自裁,并说:"希望太子更加恭敬孝顺。"于是太子李诵对德宗更加仁孝恭敬。

第二天,德宗特意在延英殿召见李泌,对他哭着说:"若非是你的直言劝谏,朕今日就要后悔了。太子仁厚孝顺,的确没有其他事。从今以后,所有的军国重务和朕的家事,都将与你商议。"

李泌拜贺,并请辞说:"臣报效国家的使命已经完成了,希望陛下允许臣乞骸骨(自请退职,葬归故里)。"德宗立即劝慰,却没有允许已经年逾花甲的李泌辞官。

贞元五年(789年)三月,李泌病逝。随后,德宗升窦参、董晋二人为同平章事。窦参出身官宦世家喜爱法律,性情刚强,因为不畏权势,敢于揭发官吏的不法行为不讲情面,颇受德宗重用,升任宰相后,窦参开始独揽大权,行事更加专横。

窦参任相三载,常常以权谋利,在朝中和地方结党营私,随后被朝廷众多官员告发,德宗命他改过。因翰林学士陆贽多次弹劾,窦参对此怀恨在心,私下里伪造榜书,想构陷陆贽。此事被德宗察觉,窦参被贬为郴州别驾,随后升陆贽为中书侍郎与尚书左丞赵憬为同平章事,也就是担任宰相。

陆贽秉性坚贞刚正,严于律己,在当时社会矛盾激化、朝廷面临崩溃的形势下,力挽狂澜,先前规劝德宗下诏罪己。诏书诚

挚动人很有感染力，为德宗收拢了民心，随后又为朝廷出了许多可行的良策，建议德宗李适了解百姓民情，轻徭薄税并广开言路，终是让摇摇欲坠的唐朝转危为安。

贞元八年（791年），德宗令裴延龄升任户部侍郎。裴延龄并不懂理财之道，且为人卑鄙，阿谀谄媚，十足一个奸臣，奈何德宗很喜欢他，想要借他来了解外面的事情。

裴延龄仗着德宗的恩宠，随意谩骂侮辱朝臣，贪财渎职很是奸恶。陆贽敢于直谏，向德宗上奏陈列裴延龄的罪行，德宗却认为是陆贽在排挤裴延龄，反而愈加厚待，甚至想要让裴延龄、韦渠牟等奸佞小人担任宰相。

太子李诵知道后，很是心急，却也知道不能直接否决，于是总是找机会在德宗心情好的时候，从容阐述裴延龄等人不能重用的原因，这才让德宗歇了升裴延龄为宰相的心思。后来，裴延龄死，朝廷内外全都在庆贺，只有德宗哀悼叹息。

贞元二十年（804年），太子李诵突然中风，暂时失去言语功能。已经年老的德宗李适对此很是挂心，数次前去探视，并派人遍访名医为太子诊治。

贞元二十一年（805年）元日，德宗在朝中接受诸王、亲戚等人的祝贺，唯独只有太子李诵因病重而无法前来，不由得流泪哀叹，随后不久也病了。

德宗病情一日比一日严重，一连二十多天都没能上朝，外廷全然不知德宗与太子是否平安，人心惶惶，唯有宦官与舒王李谊在旁侍候。

正月二十三日，德宗李适在会宁殿驾崩，至死都没能见到太子李诵，群臣为李适上谥号为神武孝文皇帝，庙号德宗。

 **40. 永贞革新**

贞元二十一年（805年）正月，德宗驾崩，太子李诵继位，是为顺宗。

因顺宗旧病未愈，无法亲自处理政务，百官奏议政事，都是在内殿布施帷帐，由翰林学士也就是先前东宫属臣王叔文、王伾（pī）等人职掌草诏、出纳帝命。每每都是王叔文奏禀，王伾入内

40. 永贞革新

告诉顺宗亲信的宦官李忠言，随后李忠言转告牛昭容，由牛昭容代为传达顺宗，往往都会准奏，顺宗几乎没有不答应的。因此，翰林掌握大权，几乎高出中书门下二省。

随后，王叔文向顺宗推荐韦执谊担任宰相。当时，王伾、王叔文等人与宦官李忠言及后宫牛昭容紧密联系，在顺宗的支持下处理政务。

韦执谊升任尚书左丞、同平章事，与王伾、王叔文、韩泰、柳宗元、刘禹锡等人结为党羽，以管仲、诸葛亮、伊尹、周公来互称。

王叔文等人把持朝政，引起其余百官不满，于是上奏弹劾与王叔文同党的刘禹锡等人挟邪乱政。刘禹锡等立即与王叔文商议，想贬谪驱逐这些朝臣，唯有韦执谊说："群臣以直谏闻名天下，倘若突然对他们呵斥罢黜，我们一定会担负恶名，还是暂时容忍下来，过段时间再来商议！"

王叔文仍旧不悦，但见韦执谊坚持也只好认了，这群大臣才没有被罢职。

先前刘禹锡曾向御史中丞武元衡自请为判官，武元衡没有答应并将以王叔文、王伾、刘禹锡、柳宗元为首的革新派列为异己，加以攻击。王叔文知道后，暗中派人诱使武元衡依附自己，武元衡直接拒绝，两人相互陷构互进谗言，终究是王叔文深得顺宗李诵信任，武元衡被贬为左庶子。

此事一出，大家都知道王叔文、王伾等人大权在握且深得圣心，于是那些想当官的、阿谀奉承的全都跑到他们门前请求拜见。而王伾此人甚是贪财，居然按官位来收取贿赂且毫无忌惮，那些受贿得来的金帛被他用大柜子收藏，为了不被偷盗，王伾夫妻夜间直接睡在柜子上，可谓是枕金银，惹人嘲。

因顺宗久病不愈，大臣们难能面圣，于是拟奏请顺宗立储以备万一。但王叔文、王伾一群跟着顺宗从东宫走来的权臣们并不希望立个太子来分权，于是多方阻挠。

宦官俱文珍、刘光锜、薛盈珍等人素来与王叔文不和，瞒着他们秘密告诉顺宗群臣上奏之事，请顺宗速立太子以稳朝廷。随即，顺宗召见翰林学士郑絪（yīn），立长子广陵王李淳为太子，后改名为李纯。

太子李纯是顺宗还在东宫时，王良娣所生，颇有贤名。顺宗册立广陵王为太子一事就只有翰林学士郑絪及身边侍候的几个内侍知道，其余人等一概不知，更别说商议，于是诏书下达时，内外惊讶。

群臣们高兴得相互庆贺，唯有王叔文、王伾、牛昭容等面带愁容，王叔文更是直接吟叹杜甫题诸葛祠诗："出师未捷身先死，长使英雄泪满襟。"

旁人立即窃笑，王叔文愈加担忧疑虑，册立太子是何等大事，居然如此草率，除了一个翰林学士郑絪，几乎全被宦官把持。王叔文连日召见党羽也就是"二王刘柳"为核心的团体，商议决策，并去中书省与韦执谊密谈。

先前王叔文等想要抑制藩镇势力，重新构建中央集权的局面，罢免了原来的浙西观察使兼诸道盐铁转运使李锜，将财政大权回收，但地方割据早就是常态，并非一时就能解决。而如今太子册立，朝堂不再是王叔文等人的一言堂，加上俱文珍等宦官知道了王叔文想要清理宦官把持朝政，更是进一步控制住病重的顺宗并密令诸将领不能将军权给予旁人。

这一举动直接导致了王叔文希望左金吾大将军范希朝、度支郎中韩泰夺回禁军军权计划的失败。

40. 永贞革新

当时，中书省另外三位宰相因权力早就被王叔文等架空，以至于高郢毫无作为，而贾耽、郑珣瑜随后更是称病不起，以此表示不与王叔文等人合作。

五月，宦官俱文珍等趁机削去了王叔文翰林学士的职位，让他无法再掌管机密诏令，致使王叔文等行动艰难。随后，宣化巡官羊士谔状告王叔文罪恶，王叔文大怒，与韦执谊商量让他请旨处斩羊士谔，韦执谊没同意，因而两人产生分歧，革新派内部分裂。

不久，王叔文母丧而被迫退出朝廷权力中心，形势更是急转直下。

剑南西川节度使韦皋、荆南节度使裴均等人向顺宗上表请太子监国，说："陛下哀毁成疾，请权令太子监国处理政务，等到陛下身体痊愈再让太子复归东宫。"又向太子李纯上表，攻击王叔文等人。宦官俱文珍等人从中怂恿，最后迫使顺宗下令太子监国，同时罢免了高郢、郑珣瑜的相位，升袁滋、杜黄裳为宰相。

八月四日，顺宗禅位太子，宦官俱文珍等拥立太子李纯为帝，是为宪宗。宪宗奉太上皇李诵居兴庆宫，尊生母王氏为太上皇后，随即贬谪王叔文、王伾。永贞革新亦称为二王八司马事件至此彻底失败，随后，刘禹锡、柳宗元、韩泰等人皆被一贬再贬。

41. 元和中兴

贞元二十一年（805年），顺宗改元永贞，继位不到一年就因病重不能理政，被俱文珍等人胁迫禅位太子李纯。宪宗继位后，改年元和。

元和元年（806年）正月朔日，宪宗李纯带领文武百官到兴庆宫，朝贺顺宗李诵并奉上尊号，称为应乾圣寿太上皇，礼毕，宪宗还朝再受群臣恭贺。

过了数日，太上皇病情加重，无药可救，随即病逝。

西川节度使韦皋去年八月逝去，其心腹刘辟不经朝廷同意就自立为留后，宪宗刚继位不久没空去搭理他，且藩镇势大，时机又不成熟，只好先采取安抚的政策，在十二月任命刘辟为西川节度副使。

这一举动膨胀了刘辟的野心，只觉得宪宗年轻无知、朝廷软弱可欺，于是得寸进尺，一张嘴就向朝廷索要三川之地。宪宗毅然拒绝。

刘辟因丝毫未将朝廷放在眼里，直接在正月出兵进攻东川，将前东川节度使李康围困在梓州。新任东川节度使韦丹还没有到任，李康急忙向朝廷告急。

宪宗召集群臣，商议讨伐事宜，群臣大多说川蜀之地天险地

41. 元和中兴

固,不宜轻易进兵,唯独宰相杜黄裳极力主战,主张趁此机会削藩并要求罢免宦官监军,将军事权力全权委托给神策军使高崇文,在朝中决策战略,从而避免宦官干涉战局,出现鱼朝恩那样的可笑情况。杜黄裳出自大将郭子仪麾下,为人机警,有治国之才。

宪宗虽是年轻,却有大志,希望效仿先祖太宗李世民,平战乱开盛世,果断采取了宰相杜黄裳的意见,任用神策军使高崇文率步骑五千作为前军,并让神策行营兵马使李元奕率步骑二千作为次军,会同山南西道节度使严砺一起讨伐刘辟。

当时梓州已经陷落,李康被擒。高崇文引兵急进,从阆中入剑门,正遇上刘辟部将,一鼓作气将其击得溃败,随后乘胜攻城。高崇文亲自领兵冒着箭雨滚石登城楼,直接拿下梓州。之后,刘辟屡战屡败,最终被俘。

刘辟被送往长安斩首,这是宪宗尝试削藩加强中央集权的第

一步。随即宰相杜黄裳再次上疏,建议宪宗以法度整肃诸侯,从而铲平藩镇割据的局面。

李锜用厚金贿赂权宦得领盐铁转运使的职位,并有反意。宰相李吉甫劝谏宪宗调任李锜,说韦皋蓄财甚多从而让刘辟有了反叛的钱财,如今李锜亦是如此。宪宗于是调任李锜为镇海节度使,但李锜仍旧叛了,事败被削去官爵。

再说高崇文平定刘辟叛乱,镇守蜀地,屡次向宪宗上表请求调任,宪宗应允,让武元衡任西川节度使,将高崇文调任邠宁节度使。

宪宗有意求才,于是策试制举,选用了元稹、独孤郁、白居易等人为拾遗校书郎等职位,因听闻白居易素有才名曾经作百余篇乐府诗规讽时事,从而特意擢他为翰林学士。

元和四年(809年)春季大旱,李绛、白居易上陈数事,请宪宗减轻租税、简放宫人、禁诸道横敛等,宪宗一一准行。

元和九年(814年)九月,淮西节度使吴少阳死,其子吴元济秘不发丧私自掌握兵权。部将董重质善用兵也颇有野心,劝吴元济起兵叛乱,并联合李师道驱逐严绶,伺机窥取中原。随后,吴元济杀死判官苏兆、将侯惟清囚禁。另一判官杨元卿因先前进入长安奏禀事宜才逃过一劫。

吴少阳死讯传开,朝廷派遣使者前去吊祭,吴元济直接拒命,随即举兵叛乱。淮西节度使驻守蔡州汝阳,处于中原,战略位置十分重要。

元和十年(815年),宪宗决定平定淮西。宪宗大规模的削藩举动,让淄青节度使李师道感到威胁,明面上随着朝廷一起讨伐吴元济,实际暗中支持叛贼,企图以此来巩固自己的地位。随着严绶作战失利,御史中丞裴度主动请缨愿亲自奔赴淮西前线。宪

41. 元和中兴

宗任裴度为宰相兼彰义节度使，命他奔赴淮西，与前太子詹事、随邓节度使李愬等人大举进攻吴元济。

九月，李愬攻破蔡州，吴元济大败，持续三年的淮西叛乱至此结束。

吴元济兵败而死，李师道很是惶恐，其手下判官李公度、牙将李英昙等人劝他以长子为质子，送往长安，并献地归顺朝廷，李师道照做。随后却又举兵反叛。

宪宗调遣宣武、魏博、义成诸镇军队前往讨伐李师道。

大军压境，李师道内部矛盾激化最终割裂，其都知兵马使刘悟杀死李师道，随即淄、青、江等地被朝廷平定。

元和十三年（818年），宪宗下诏征求方士，想要寻求长生不老，奸臣皇甫镈（bó）向宪宗推荐了一个叫柳泌的山人，后来甚至派遣宦官到凤翔迎接佛骨。

刑部侍郎韩愈立即上谏劝阻，言辞急切，而宪宗看后却是大怒，准备对韩愈处以极刑。宰相裴度等连忙上奏，说韩愈忠直，宪宗如此才改命贬韩愈为潮州刺史。

元和十四年（819年），宪宗继位以来十四年，收复淄、青等十二州，从代宗广德以来藩镇割据嚣张跋扈的局面暂且压下，史称为"元和中兴"。宪宗励精图治，是唐后期难得的有为之君。

随着局势逐渐稳定，宪宗开始信任宦官，宠信奸臣，甚至直接罢免了贤相裴度。

42. 宪宗立储

宦官吐突承璀一直被宪宗宠信，先前竟直接任命吐突承璀为左右神策将军兼河中、河阳等道行营兵马使这些要职，更准备让他监军，幸而被宰相杜黄裳、裴垍劝阻，才避免重蹈鱼朝恩之祸。

随着藩镇平定，北边的吐突承璀又被宪宗召回长安，仍旧得宠，而内侍王守澄、陈弘志等人与其不和，于是宦官集团分成两派。以吐突承璀为首的宦官知道宪宗不喜欢李恒，准备策划让宪宗立次子李恽（yùn）为太子，而王守澄、梁守谦则是拥护郭妃之子李恒，两派之间相互倾轧。

郭妃是郭子仪孙女，以她为中心形成了庞大的势力，无论是后宫还是朝堂，宪宗不想被其牵制，连带着也不怎么喜欢郭妃所生的儿子李恒，但宪宗也明白无论是从朝廷势力还是其他方面考虑，立李恒为太子是必然的。因此，当吐突承璀劝宪宗立李恽为太子时，被宪宗以李恽生母微贱拒绝了，并立李恒为皇太子。

宪宗后期食用方士丹药过多，导致性情暴躁，左右侍候的宦官动辄获罪而死，人人自危。吐突承璀害怕李恒继位后自己遭难，于是又一次劝宪宗改立李恽为太子。太子李恒得知消息，连忙秘密遣人询问担任司农卿的舅舅郭钊。郭钊劝太子李恒静心等待不要多虑。

42. 宪宗立储

元和十五年（820年）元日，宪宗因病罢朝，群臣惶恐不安。不久，陈弘志等宦官直接害死宪宗对外宣称宪宗毒发驾崩。

宰相皇甫镈等人仓促入殿，王守澄等把守寝宫，却不准百官靠近龙床，陈弘志上前扬言道："皇上误服金丹，毒发暴崩，真是出人意料，幸而留有遗诏命太子嗣位，并授司空韩弘行冢宰之权。"

皇甫镈、令狐楚等人本就没什么才干能力，此事一出皆是惊慌不已，只好唯唯从命。随即不久，澧王李恽突然暴毙，吐突承璀亦死。

元和十五年正月二十七日，宪宗暴毙，王守澄、梁守谦、陈弘志等人拥立太子李恒继位，是为穆宗。穆宗继位后，尊生母郭贵妃为皇太后，升御史中丞萧俛、翰林学士段文昌为同平章事，授郭钊为刑部尚书……对宪宗的以往亲信、宠臣杀罚贬斥，亲近王守澄等内侍。

与其父宪宗相比，穆宗亦是二十多岁继位，正是身强体健、心智成熟的大好年华，刚继位的宪宗心有大志，效仿太宗，可谓是励精图治。然而同样年华正好的穆宗却尤好游乐，对枯燥沉闷的朝政大事极不耐烦。刚继位没多久，穆宗就将教坊倡优召入宫中，令演杂戏，以此享乐，之后又去左神策军，观看手搏。

五月，宪宗葬于景陵后，穆宗更没有节制，带着亲信随从狩猎取乐，荒废政事。监察御史杨虞卿等人立即上疏谏阻，穆宗虽是答应了，却仍旧我行我素恣意玩乐。

第二年，穆宗改元长庆。成德兵马使王庭凑勾结牙兵戕杀节度使田弘正，自称留后。当时李愬正调任镇守魏博，听闻田弘正遇害后，特意穿素服整顿兵马向朝廷请命前往成德，讨伐王庭凑，并向穆宗举荐深州刺史牛元翼。穆宗随即下诏授牛元翼为深冀节

度使,与李愬一起讨伐王庭凑。

　　李愬即日发兵,却不料突然病倒,卧床不起。穆宗召人廷议,群臣建议田弘正之子田布继任魏博节度使。田布因其父被遇害,向穆宗请辞,穆宗没有应允仍旧让他讨伐王庭凑。

　　王庭凑私占成德后,又与朱克融合攻深州。横海节度使乌重胤率全军往救深州。穆宗调任裴度为镇州四面行营都招讨使。裴度素有大才,受命后立即出发,原本无事,奈何翰林学士元稹与知枢密魏弘简相互勾结,谋夺宰相之位,从中阻挠裴度。

　　裴度行事被阻,于是接连向穆宗上疏明斥魏弘简、元稹罪行。穆宗素来喜爱元稹所写诗歌,对他很是器重,奈何裴度握有实证一催再催,只好罢魏弘简为弓箭库使、贬元稹为工部侍郎,暗地里却仍旧宠信二人。

　　乌重胤行军稳重,见王庭凑士气旺盛,因此按兵不出,深沟

42. 宪宗立储

高垒准备打持久战。左领军大将军杜叔良想要军功,于是让与之交好的幸臣在穆宗面前说乌重胤逗留无事,穆宗信以为真。

杜叔良被推荐赶至深州,与王庭凑带领的成德军正面交战,却是屡战屡败,博野一战更是直接丧亡七千多人,杜叔良狼狈奔还,连旌节都丢了。穆宗这才知道错用庸才,连忙调任凤翔节度使李光颜为忠武军节度使,代替杜叔良。李光颜是个将才,有勇有谋,这次人选对了,却是迟了。战机原本就是稍纵即逝,魏博作乱导致河朔三镇相继沦陷。

43. 李逢吉乱政

李光颜、牛元翼奉旨讨贼，却因佞臣干预而行动不便。

魏博节度使田布率军讨伐王庭凑也是举步维艰，朝廷派军打仗却不发军粮，田布无奈，准备征收六州租税却被将士阻拦。随后牙将史宪诚与之割裂，煽动军心，导致军心离散。田布左右环顾，毫无希望，不禁落泪："功不成了。"

幽镇军围困深州，李光颜、牛元翼，田布，裴度三面援救，却是缺衣少粮，只能壁垒自守。

元稹、裴度同时担任宰相，两人不合，元稹更是仗着穆宗宠信时常攻击裴度，更是建议穆宗将裴度远调，让他出镇淮南。

穆宗李恒居然答应了，下诏调离裴度，好在群臣哗然纷纷上奏，请穆宗留裴度辅政，这才让裴度能留在朝中。穆宗转任王播代镇淮南兼盐铁转运使。

裴度、元载政见不合，而穆宗身边内侍不喜元稹，更忌惮裴度，与曾为东宫侍读的李逢吉关系甚密。当时李逢吉出任山南东道节度使，王守澄等人向穆宗推荐其为兵部尚书，以此来排挤主张打压宦官实力的裴度。

李逢吉为人阴狠，诡谲多谋，更想将裴度、元稹一块儿除去，好让自己上位，暗中让李赏去左神策军营，诬告元稹，说他素来与

43. 李逢吉乱政

裴度有嫌，准备和于方密谋，刺杀裴度。

穆宗此时正是宠信李逢吉的时候，对这个从自己当太子时就跟随在身边的旧人，很是信任，于是命尚书左仆射韩皋、给事中郑覃与李逢吉处理此事，并无实证。

没有实证却也难不倒李逢吉，复奏时，李逢吉对穆宗说："目前查无实据，应该是事出有因，裴度、元稹二位宰相同职不同心因此引来这种谣言，还请陛下细细察夺。"

穆宗如李逢吉预料一般对元稹、裴度心生不满，随即两人同时被罢相。裴度被贬为尚书右仆射，元稹被贬为同州刺史。李逢吉代为门下侍郎、同平章事，如愿以偿当了宰相！

内侍王守澄、梁守谦把持朝政与外朝李逢吉、牛僧孺（rú）相互勾结，而穆宗乐得清闲近乎疯狂地游乐。

长庆二年（822年）十一月，南北地区粗粗平定，暂时避免了大乱的局面。穆宗一看内外无大事，于是又开始游乐嬉戏，奉郭太后游幸华清宫的名义玩乐，自己率领神策军在骊山围猎。返回宫中，又与宦官内臣打马球，不料出现意外，忽有一人从马上坠落，惊马奔至穆宗御前，险些将其撞倒。穆宗十分惊恐，更是惊吓成疾，双脚抽搐不能行走，太医诊断说是中风。

好几日不见皇帝临朝，李逢吉等屡次请求入内觐见，终不被允许，裴度也再三上疏请穆宗立太子，见此情形，李逢吉赶紧也上奏请穆宗立长子景王李湛为太子。

穆宗在位两年，没有册立皇后，被裴度、李逢吉一再催促，中书门下两省及翰林学士接连陈请，穆宗乃立景王李湛为太子，册封其母王氏为妃。

长庆三年（823年）仲春，牛僧孺在李逢吉的偏袒交好下，直接略过声望能力皆高出自己的御史中丞李德裕（李吉甫子）升为同

平章事，故相李吉甫对此心生恨意，为后面牛李党争埋下隐患。

随即，李逢吉与内侍王守澄密谋，倾轧异己，先是裴度被贬，紧接着韩愈、李绅等人接连被贬。再说穆宗卧病在床，又学起宪宗追求长生，以至于一病不起，只好下诏让太子李湛监国。太子尚且年幼，内侍王守澄及宰相李逢吉把持朝政。

长庆四年（824年）正月二十二日，年仅二十九岁的穆宗驾崩。皇太子李湛在灵柩前继位，是为敬宗。敬宗继位时年仅十六，少年心性又极其贪玩，丝毫未将国家大事放在心上，令李逢吉掌握朝政大权，尊郭太后为太皇太后，母王氏为皇太后，自己只一味贪欢享乐。

韩愈亦被李逢吉打压，久不得面圣，敬宗李湛只顾玩乐哪里有空理会这些贤臣，终究是郁郁寡欢，抱病而终。如此一来，小人得志，李逢吉、牛僧孺如愿以偿独揽大权。

同年，襄阳节度使牛元翼去世，王庭凑听说后竟将牛元翼一家人全部杀尽。敬宗李湛听闻惨案，不由得痛惋叹息，感叹宰相不足以担任其职，致使奸臣抗命忤逆到如此嚣张跋扈的地步。翰林学士韦处厚趁机向敬宗上疏为裴度申诉。

次日，敬宗下诏恢复裴度相位，这一举动引起了李逢吉及其党羽的担忧，害怕裴度再次被重用，极力打压。

宝历元年（825年）十一月，裴度向敬宗上奏，请求到长安觐见。第二年正月，裴度抵达长安，敬宗对其极为礼遇，命他主持政事。李逢吉及其党羽屡次诬告裴度，并散播谣言说裴度图谋不轨，好在一向贪玩的敬宗在这方面仍旧信任裴度。

可敬宗年少骄纵，贪玩享乐，常常睡到日上三竿也不上朝，往往是天不亮就起床的大臣们久久等候姗姗来迟的皇帝，其间年老体弱的大臣屡有晕倒者，谏议大夫李渤上奏劝谏后，敬宗仍旧我行我

43. 李逢吉乱政

素。敬宗又尤其爱玩,还喜半夜取乐,对身边的人动辄打骂,从而引起怨愤。

44. 牛李党争

宝历二年（826年）十二月初八，敬宗又一次"打夜狐"，兴尽还宫后被宦官刘克明等人谋害。敬宗李湛年仅十七周岁，子嗣尚在襁褓，王守澄、杨承和等密谋，诛除刘克明等人。裴度迎立江王李涵为帝（穆宗李恒之子，敬宗李湛之弟）。

江王李涵被迎入宫中，裴度摄冢宰之权，率领百官谒见江王李涵。江王穿着素服出来见诸位大臣，涕泣陈辞。裴度与百官再劝，江王奉诏在宣政殿继位，改名为昂，是为文宗。升韦处厚为同平章事，文宗儒雅恭俭好读书，对于政事也很勤勉，然而性情过柔，对于军国重事往往不能果决。

第二年，文宗李昂改元太和。因沧景节度使李全略去世，其子李同捷窃取兵权图谋不轨，加上横海、魏博、成德诸藩镇皆有动乱的征兆，裴度等人建议文宗出兵讨伐李同捷。文宗命乌重胤、康志睦、李载义、史宪诚和义成节度使李听等人各率本镇军队讨伐李同捷。

大将乌重胤半道而死，王智兴上奏，说保义节度使李寰可继任乌重胤讨伐李同捷，文宗应允。李寰御下能力不足，部下多无纪律，行军拖沓，好在他有一腔忠心，竭尽全力攻下棣州。康志睦亦攻下蒲台。

44. 牛李党争

捷报频传，原本是大好局面，然而史宪诚早先与李同捷勾结，暗中私助粮饷并派人到长安阻挠朝廷出兵，被宰相韦处厚一番切辞责备才不敢再说，于是附和朝廷对李同捷出兵，但自己却拥兵不前。

其长子史孝章忠于朝廷，多次劝谏史宪诚，最后无奈，自己督军二万五千前往德州，夺取平原。王庭凑却是公然出兵协助李同捷，在边境屯兵牵制史孝章，还派人前往突厥别部，想要贿赂沙陀酋长朱邪执宜，与他一起联兵叛唐，被拒绝。

金银被退回，联合沙陀失败，王庭凑又唆使魏博兵马使元志绍反攻魏州，史宪诚连忙向朝廷告急。文宗派遣金吾大将军李祐为横海节度使，专门讨伐王庭凑，又令义成节度使李听调遣沧州行营诸军前去援救魏博。

太和三年（829年）正月，王庭凑与元志绍合兵劫掠贝州。李听与史孝章会合一举击败元志绍，元志绍自缢而死。

李祐会同各军攻克德州，随后攻入沧州外城，李同捷见外城已经被攻占，惶急之下连忙给李祐写信，说愿意投降请罪。不久后，李同捷在被押送长安途中因王庭凑发兵劫掠而被枭首。

李同捷死，横海之乱至此平定。

史宪诚听闻横海平定，派遣长子史孝章入朝，表示听从朝廷命令。文宗于是在六月份魏博的相州、卫州、澶州三州置节度使，并让史孝章领节度使还加封他为礼部尚书。

史孝章领命后返回魏博，却不料魏博军乱，史宪诚遇害，牙将兵马使何进滔被乱军奉为留后。李听得知魏州军乱，立即前往，却是已经迟了，又因李听没有防备，被何进滔杀得溃败。

文宗因先前河北战事弥久，粮饷武器等皆不充裕，无力再讨伐何进滔，于是将李听召回长安，令他为太子太师。而先前准备

分魏博三州给史孝章领相卫节度使的安排也只能告停,授何进滔为魏博节度使。史孝章只得迎送史宪诚的灵柩,将其葬在洛阳,为父服丧暂且离开朝廷。

王庭凑在李同捷死后,立即向朝廷上表谢罪,愿意让出景州赎罪,文宗为了息事宁人,又将景州还给他,恢复王庭凑的官爵。

裴度因年事已高,常常生病,多次向文宗辞官告退,文宗没有答应。裴度只好退而求其次,向文宗推荐能臣李德裕,文宗召李德裕为兵部侍郎,准备任他为相。

吏部侍郎李宗闵素来与李德裕有嫌隙,于是暗中贿赂王守澄等宦官求为援助。当时宦官势大,文宗担心宦官内逼,只好升任李宗闵为宰相。

李宗闵得偿所愿,愈加排挤李德裕,恰好李听奉旨入朝,李宗闵连忙上奏让文宗派遣李德裕出镇义成军,离开长安。随后又引入牛僧孺为兵部尚书,作为自己的帮手。牛僧孺先前就与李德裕交恶,这下两个心思艰险的睚眦之辈勾结在一起,更是乌烟瘴气。

太和四年(830年),史孝章被文宗起复,任职右金吾卫将军。

第二年,卢刘副兵马使杨志诚煽动众人将节度使李载义驱逐,又杀死莫州刺史张庆初。当时李宗闵、牛僧孺趁着裴度多次请辞的机会,将裴度再次外调,文宗升尚书右丞宋申锡为同平章事,并让李宗闵、牛僧孺、路隋、宋申锡四人商议卢龙事宜。

牛僧孺建议文宗以安抚为主,李宗闵本就是他同党自然连声附和,路隋向来不多言,而宋申锡刚任宰相也不加异议,于是文宗命杨志诚为留后并将李载义召入长安任职,拜其为太保。

45. 甘露之变

宰相宋申锡乃是文宗一手提拔，颇有文才，忠厚恭敬，是文宗心腹。自肃宗起，宦官势力渐大，穆宗、敬宗时期更甚，乃至文宗继位，以掌控神策军的王守澄为首的宦官更是气焰嚣张。文宗继位后就一直想要铲除宦官势力，夺回政权。

太和五年（831年），文宗与宋申锡密谋，意图除掉权宦王守澄。宋申锡推荐吏部侍郎王璠担任京兆尹，并暗中将计划告知，原本是让王璠配合除去阉党，却不料计划泄密，被王守澄、郑注提前得知。

郑注与王守澄密谋，决定先发制人，指使神策军都虞候豆卢著诬告宰相宋申锡与漳王李凑图谋不轨准备造反。

漳王李凑是文宗之弟，素来有名望，按照文宗继承其兄长敬宗李恒的皇位来看，漳王的确也有继承权，因此文宗听到王守澄的诬告后，又立刻疑心宋申锡、李凑等人是否真的有不臣之心，最终竟让王守澄去彻查此事。

王守澄召集党羽，准备直接让神策军屠杀宋申锡全家，幸好被内官马存亮制止。文宗让王守澄彻查此事，并召见所有宰相议事，李宗闵、牛僧孺、路隋立即赶到，宋申锡不被召见。随后，文宗又召见其余大臣。

听闻宋申锡与漳王意图谋反,监察御史崔玄亮素来知道宋申锡忠厚,立即跪下说:"处决一个百姓要谨慎,处决一个宰相更要谨慎啊。"文宗此时也觉事情复杂,冷静下来。

宰相牛僧孺亦上前说:"位极人臣无非宰相,宋申锡已经是宰相了,就算谋反成功,他仍然只是宰相,那他谋反图什么呢?由此可见宋申锡定没有谋反。"

郑注等人担心再这么细查下去会让真相大白,连忙建议王守澄将宋申锡改为流放,好早点将这件事解决。文宗李昂对宋申锡跟着漳王李凑谋反这件事还存有疑心,从而听任王守澄将宋申锡贬为开州司马,不久宋申锡去世。

除掉宋申锡后,郑注渐渐靠向文宗,想要替任王守澄掌握大权。文宗因李宗闵、李德裕二李党争,想在朝廷培植自己的势力,就开始重用郑注、李训等人,又一次想要铲除王守澄。

45. 甘露之变

郑注建议文宗李昂利用宦官之间的内部矛盾，任命王守澄部下仇士良为左神策中尉，掌管部分兵权，让他们内部相争，以此来削弱王守澄的军权。

仇士良与王守澄素有嫌隙，与郑注、李训等人一拍即合。先是指出王守澄、陈弘志谋害宪宗李纯一事，随即将陈弘志杖毙，逼王守澄饮鸩酒自尽，此后又弹劾李德裕、李宗闵贿赂宦官韦元素、王践言，于是李宗闵、李德裕皆被贬出长安。

阉党被除了大半，把持朝堂的李宗闵、李德裕又被赶了出去，文宗只觉得内外舒畅，心情大好，升李训为同平章事，又在李训的建议下让郑注出镇凤翔。凤翔乃是军事要地，怎可轻易换人，同平章事李固言得知后，立即上奏劝阻，文宗正是意气风发的时候，哪听得进去，觉得李固言违背自己的旨意，直接将他免职了。

王守澄已死，文宗准备让郑注挑选几百亲兵，趁着全部宦官给王守澄送葬的时机，将他们一网打尽。李训却担心郑注会因此事立了大功，为抢功劳，又与文宗商量改变原有计划，先下手杀尽宦官，再驱逐郑注。

随即，李训着手准备，举荐户部尚书王璠为太原节度使，大理寺卿郭行余为邠宁节度使，希望借此二人招募兵卒用来铲除宦官。

太和九年（835年）十一月，文宗到紫宸殿早朝，金吾将军韩约上奏说金吾左仗院内的石榴树夜降甘露，特地来拜贺，百官们也相继朝贺。李注趁机劝文宗说："天降祥瑞，又近在宫禁，皇上不如亲自前去看看。"如此，文宗去了含元殿，让宰相和中书、门下省官先行前去观看。

官员们看过后回来了，对文宗说："似乎并非真的甘露。"

文宗又让宦官神策军左右护军中尉仇士良、鱼志弘领着宦官前去查看。仇士良等宦官并不知文宗想要将他们赶尽杀绝，领命去了左金吾仗院，却看到金吾将军韩约面色惊慌，不由得心生警惕，随即发现幕后埋伏了武装士兵，立即变了脸色，急忙退出来，疾速赶往含元殿，胁迫文宗回内宫。

宦官挟持文宗退入内殿后，派遣神策军持刀出东上阁门，逢人便杀，随后关闭宫城各门，进行搜捕。李训、王璠、韩约等参与者先后被捕杀，宰相王涯及其他毫不知情的大臣也被牵连而死。郑注不知计划有变，率领亲兵赶赴长安途中才得知事情败露，连忙返回凤翔，也被监军杀死。至此，事变失败，而被宦官如此疯狂屠杀，朝廷大臣几乎全被诛杀。

46. 仇士良专权

甘露事变失败后,文宗彻底被宦官软禁,行动不便毫无权力,国家大事全都掌握在宦官手中。

事毕,仇士良加特进、右骁卫大将军,与鱼志弘等宦官彻底将文宗架空。宦官势力很是嚣张,威胁皇帝、藐视宰相,对朝廷大臣视如草芥。当时,四位宰相皆被杀死,京兆尹李石、工部侍郎郑覃拜相,却经常被仇士良斥责。

李石为人刚正,在仇士良接连干涉朝政的情况下,故意反问他:"李训、郑注是乱首,但不知道这两个人是因为什么人得以引进的?"仇士良因此对宰相李石怀恨在心。

第二年元旦,文宗在宣政殿受百官朝贺,大赦天下,改元开成。宰相李石加拜中书侍郎、集贤殿大学士并领盐铁转运使,力撑危局。昭义节度使刘从谏上表,弹劾仇士良等宦官私自杀害宰相的罪行,言辞犀利,让仇士良心生忧虑,跋扈态度稍稍有所收敛,这让李石等人有了喘息之机。

因宰相李石拥护文宗,维护皇帝的权威,让仇士良等把持权力的宦官很是不满。

开成三年(838年)正月,李石骑马上朝的中途,遇到刺客射杀,勉强保住性命。文宗得知后,大惊失色,连忙命令神策军

遣兵护卫李石,并下诏追捕刺客,却没结果。李石被刺一事引起了百官的惊惧,甚至有人害怕,不敢上朝。为了保命,李石无奈向文宗上表,请求辞去相位,文宗只好让他挂相出任荆南节度使,朝中再也没人敢对付仇士良等宦官。

九月,杨贤妃屡次在文宗面前进谗言,说太子李永的坏话。文宗喜爱杨贤妃,听得久了,自然对太子产生不满,竟有了废太子的念头,对朝臣说:"太子行多过失,不足以担当大任,朕决定废太子。"

群臣立即叩首劝谏道:"太子还太小,虽有些过错,但将来定能改过。而且储君关系国本,不能轻易改动。"因文宗只有这一个儿子,虽然很不满,倒也没有真的就这么废了。但不过一个月,太子李永突然在殿内猝毙。

第二年,群臣上奏请文宗立太子,文宗与宰相商议此事,随后册立敬宗之子陈王李成美为太子。不久,文宗染上风疾,身体每况愈下。

开成五年(840年)元日,文宗卧病在床,不能起身。召宰相李珏、杨嗣复到禁中,嘱咐他们奉太子监国。宦官仇士良、鱼志弘得知消息后立即闯入文宗御寝,说:"太子过于年幼,且身体不好,必须另立。"

宰相李珏、杨嗣复立即反对。

当天夜里,仇士良、鱼志弘颁发伪诏,册立穆宗第五子颖王李炎为皇太弟,并说太子李成美太过年幼,不方便继承嗣位,仍旧封为陈王。

翌日早晨,百官入朝,颖王李炎伫立殿上与百官相见。宰相李珏、杨嗣复明知是仇士良等伪造诏书,却不敢发言。

第二天,文宗李昂驾崩,享年三十一岁,谥号元圣昭献孝皇

46. 仇士良专权

帝，颖王李炎继位，是为武宗，时年二十七岁。

武宗继位之初，在仇士良等人的建议下，将文宗的杨贤妃、陈王李成美、安王李溶等潜在的政治敌手全都赐死。随即，仇士良又将枢密使刘弘逸等杀死，解除潜在的威胁。

武宗升仇士良为骠骑大将军，封爵楚国公，鱼志弘封为韩国公，阉党势力进一步膨胀。因武宗李炎是仇士良立的，因此仇士良更加猖獗，竟对武宗指手画脚，凡是武宗宠信的人全都被他诛杀，可谓嚣张至极。武宗为人刚毅果断，喜怒不形于色，对日渐猖獗狂妄的仇士良，表面上十分信任宠信实则伺机除去。

同年九月，武宗将淮南节度使李德裕召入朝中，任他为礼部尚书、同中书门下平章事兼门下侍郎，对他委以重任。

会昌元年（841年），宰相李珏、杨嗣复被罢相贬往外地，武宗准备直接处死。李德裕连忙上奏劝阻，武宗这才将二人赦免，并升任淮南节度使李绅、尚书右丞李让夷为宰相。

九月,卢龙军发生动乱,牙将陈行泰杀死节度使史元忠,自称留后。随即,卢龙士兵又将陈行泰杀死,拥立牙将张绛。武宗采取宰相李德裕的建议,沉着应对,派遣雄武军使张仲武平定卢龙军乱。随后升张仲武为卢龙节度使。

第二年,回鹘南下入侵,武宗命卢龙节度使张仲武御敌,张仲武大破回鹘军,乘胜进入契丹、奚两部,杀死回鹘监使,从而恢复了唐朝对这两个部落的管辖。同年八月,唐朝军队发兵三路,北伐回鹘。

十月,仇士良鼓动禁军哗变以此围攻李德裕。李德裕识破仇士良阴谋,急速求见武宗,武宗将仇士良削为内侍监,夺了他的军权,从而暂时剪除了宫中的宦官势力,加强皇权。

 唐 | **47. 会昌中兴和大中之治**

会昌三年（843年）二月，石雄在杀胡山将回鹘军队击溃，乌介可汗负伤逃亡西域，至此，唐朝北部边境逐渐安定。

同年四月，昭义节度使刘从谏病逝，其侄子刘稹想要效仿河朔三镇，意图割据地方，向朝廷要求自己担任节度使。宰相李德裕力主出兵征讨，并分析道："刘稹如此无理，倚仗的不过是河朔三镇，只要魏博、成德不出兵相助，必定能平定刘稹。陛下可以派遣使者告诉魏博、成德二镇，让他们出兵攻取山东三州。"

朝臣们对此都上表劝阻，觉得不适合出兵，请武宗同意刘稹袭任昭义节度使的要求，李德裕极力主张并向武宗提出了他的战略部署。

武宗力排众议，采纳了李德裕的建议，派兵征讨刘稹。

会昌四年（844年），宰相李德裕建议武宗开源节流，武宗称善。李德裕开始裁撤冗官，仅一年时间就裁掉了两千多位尸位素餐的官员，大大缩减了朝廷在这一块的开支。

会昌五年（845年）正月，泽潞平定。

武宗在位这段时间，无论是朝廷内部还是边境都较为平稳，史学家称之为会昌中兴。宰相李德裕因功兼任太尉，晋封为卫国公，食邑三千户。

十月,武宗李炎召见宰相李德裕,向他询问朝廷外的事情,李德裕劝谏武宗说:"如今天下平定,希望陛下以宽容理政,使犯罪的人服罪而无怨言,让为善的人不必感到惊恐。"武宗亦点头称善。

不久,武宗患病,以往喜爱的游猎活动也很少进行了,但武宗隐瞒了病情,宰相及其他大臣毫不知情。武宗宠信的宦官神策军中尉马元贽深知武宗病情逐渐加重,又因武宗尚未册立太子,马元贽觉得册立武宗的五个儿子还不如拥立光王李忱(chén),好借此机会做辅佐新帝的功臣,于是暗中策划。

会昌六年(846年)正月,武宗已经病得不能上朝理政,诸位宰相求见也不被允许觐见,内宫被马元贽等宦官牢牢把持。

眼看着武宗因服食丹药身体败坏,整日昏昏沉沉,怕是时日无多。马元贽擅自传诏说皇子年幼,令光王李忱分理国事,封为

47. 会昌中兴和大中之治

皇太叔（李忱是宪宗之子，穆宗之弟）。

宰相李德裕等人并不清楚马元贽暗中诡计筹谋，以为真的是武宗颁下的诏命，只好奉旨行事。

武宗李炎病情急剧恶化，十来天都说不出话，于三月二十三日在长安大明宫驾崩，年仅三十三岁。光王李忱在左神策军护军中尉马元贽等人的拥立下继位，是为宣宗，时年三十七岁。

宣宗李忱为人持重少言，宦官马元贽原本觉得宣宗李忱软弱无能，比较容易控制，却不知宣宗善于隐忍、颇有智谋，是晚唐后期难得的有为之君。

因宣宗素来不喜太尉李德裕，亲政不久，便免去了李德裕的宰相职位，将他外放为荆南节度使，同年九月又贬其为东都留守、东畿汝都防御使。

宣宗又将李让夷罢相，改任翰林学士白敏中及兵部侍郎卢商为同平章事，并且将与李德裕斗了几朝的牛僧孺、李宗闵召入朝中，与李珏、杨嗣复等人一并内迁。

南郊祭天后，宣宗改称大中元年（847年），受百官朝贺，大赦天下。

大中元年，因李德裕先前裁撤官员得罪了一大批人，宰相白敏中、崔铉也在内，等李德裕被一贬再贬，他们指使党羽李咸检举李德裕辅政时的过失，李德裕因此再被贬为太子少保，随即又被贬为潮州司马。第二年，李德裕在到达潮阳后，再被贬为崖州司马，又一年十二月于崖州病逝。

武宗时，回鹘已被平定，宣宗开始对吐蕃用兵，趁机收复了陷于吐蕃的原州、乐州、秦州及七关等地，国势逐渐崛起。

大中二年（848年），沙洲首领张议潮发动起义，历经三年将除凉州以外其他陷入吐蕃近百年之久的河西地区复归唐朝。宣宗特意下诏，褒奖张议潮，并擢他为沙洲防御使。

大中五年（851年）二月，宣宗任命户部侍郎裴休为盐铁转运使，立漕法十条，派官员整治漕运，使得国库充盈。

宣宗李忱治国勤勉，对百姓很是体恤，减少赋税使得百姓安稳。宣宗也十分注重对人才的选拔，重用科举出身的人才，以此结束了长达半个世纪的"牛李党争"。如此励精图治，使得百姓生活日渐富裕，对于久经战乱的晚唐来说，这段时间是难得的繁盛局面，史称这一时期为"大中之治"。

大中十年（856年），宣宗让中书侍郎裴休畅所欲言，对朝政之事提出建议。裴休趁机请宣宗尽早册立太子。宣宗脸色立即不好了，说："如果立皇太子，那朕就成为闲人了。"同年六月，裴休被罢相。

48. 高骈收复交趾

随着国家安定，宣宗逐渐疏于政事，沉迷于追求长生，宦官权势又呈现出复起之势。执政后期，水旱灾害频繁，各藩镇相继发生叛乱。先是宣州都将康全泰发动兵变将宣州观察使郑薰驱逐，随后湖南都将石再顺、广州都将王令寰、江西都将毛鹤接连效仿。

宣宗立即任命淮南节度使魏国公崔铉兼领宣、池、歙三州观察使，太守温璋任宣州刺史，以及蔡袭、李承勋、韦宙等人率军平定叛乱。同年十月，崔铉收复宣州，斩杀康全泰等叛将，不久，其余各藩镇也相继平定。

宣宗李忱渐渐年迈体弱，需要借助药物来强身健体，但宣宗误信术士李元伯，服用了许多用金石等炼成的丹药，刚开始确实见效，药性燥烈却是将身体亏空，以至于在大中十三年（859年）秋，宣宗突然病倒。

宣宗不得不思考册立太子的事情，但他不喜长子李温，中意的是四子李滋，又担心大臣反对，于是宣宗秘密嘱咐枢密使王归长等三人，准备册立夔王李滋为皇太子。八月，宣宗驾崩，享年五十岁。

左神策护军中尉王宗实与枢密使王归长不合，在王归长等人准备拥立夔王李滋继位时，王宗实大声呵斥道："皇帝驾崩，为什么不先告诉内外的大臣？这般鬼鬼祟祟，背地里谋划，是想做什么？"

随即又恐吓王归长等人，说他们假传敕旨，又说自古以来都是立嫡立长。

王归长等人只是侍奉在宣宗左右，如何与手握神策军的王宗实对抗，被吓得接连跪地。

之后，王宗实派人去迎接郓王，与副使元实篡改诏书册立郓王李温为皇太子，改名为李漼（cuǐ）。宣宗安葬后，李漼继位，是为懿宗。

懿宗继位后，立即传诏处斩王归长、马公儒、王居方三人。随即将首相令狐绹、同平章事萧邺罢免，复召荆南节度使白敏中入朝，为相兼任司徒，并升兵部侍郎杜审权为同平章事。

第二年十一月，懿宗改元咸通。

48. 高骈收复交趾

懿宗李漼素来喜欢设宴游乐，酷爱音乐，每个月都要大摆宴席十几次，饮酒赏乐，这还不够，宫中玩腻了，懿宗就带着几万扈从出去玩，大肆挥霍国库，给国家财政带来了极大的负担。而懿宗这份对游乐的喜爱远远高出他对国家政事的上心程度。

谏官左拾遗刘蜕一再上奏劝谏懿宗，希望懿宗能够以国事为重，减少娱乐。而懿宗完全听不进去，反而觉得刘蜕过于烦人，直接将他贬为华阴令。

咸通二年（861年），南诏又一次攻陷邕州。当时宰相白敏中因身体不适被免去了相职，左仆射杜悰代任宰相，向懿宗上奏说："南诏强盛，此时不方便正面交锋，不如派遣使者前去吊祭，给他新王名号。"

还不等懿宗派人前去，南诏又入侵巂州。安南经略使屡次向朝廷告急，懿宗这才让蔡袭代任安南经略，调发许州、汴州、荆州等诸道兵马让他领军攻打南诏，一举将南诏击退。

不久，徐州兵变，节度使温璋被镇守武宁军的王智兴驱逐，此前王智兴已经多次驱赶朝廷委派下来的节度使，不臣之心显而易见。

再说安南地区将诸道兵马遣还后，边境守军空虚，南诏贼心不死又趁机入侵，围攻交趾。

咸通四年（863年）正月，交趾城中兵粮皆尽，被南诏蛮兵攻陷。急报传到长安，懿宗调义武节度使康承训出镇岭南西道，将荆、襄、洪、鄂四道兵马给他调遣，又任命右监门将军宋戎为安南经略使，一起前往。

康承训一再失利，几乎全程败仗，却向朝廷奏报说已经大破蛮贼，懿宗等人却也信以为真，相互道贺。

岭南东道韦宙得知后，立即向朝廷告知事情，康承训害怕之

下连忙称病,被罢为右武卫大将军分司,懿宗调任容管经略使张茵代镇岭南,奈何张茵胆怯不敢进军。宰相夏侯孜(zī)连忙向懿宗推荐骁卫将军高骈(pián),这才没让情况进一步恶化。

高骈出身武将世家,是高崇文之孙,文武双全。收到任命后高骈立即整军出发,势如破竹,将交趾收复,击杀南诏入侵首领,诛灭南诏酋长,南诏被打得溃败毫无抵抗能力,率众人归附唐朝。

捷报抵达长安,懿宗很是高兴,加封高骈为节度使。因南诏败退,而吐蕃衰弱,西南边境稍稍平稳,懿宗便觉得国泰民安,索性又沉溺于宴游。

# 49. 黄巢入关

咸通十四年（873年）七月，懿宗突然病重，宦官田令孜与左神策军中尉刘行深、右神策军中尉韩文约等想要掌控皇帝，直接略过懿宗长子魏王，将年仅十一岁自小在宦官田令孜手中长大的普王李俨册立为皇太子，改名为李儇（xuān）。

懿宗当时已经是人事不知，哪里知道身边宦官如此猖狂，全凭自己的喜好和私欲来册立太子。七月二十日，皇太子李儇在懿宗灵前继位，是为僖（xī）宗。

时年十一岁的僖宗不过还是个半大少年，玩性很重，哪里有什么处理国家大事的心思和能力，政事全部听任身边的宦官处理，僖宗还称田令孜为"阿父"，即养父，封他为枢密使，掌握兵权。田令孜凭借着僖宗对他的依赖，加上兵权在手，一举成为当时统治集团的中心人物。刘行深、韩文约也一起晋封为国公，与田令孜相互勾结。

第二年，僖宗改元乾符。关东地区发生大旱，官吏们强逼百姓缴纳租税、服差役，走投无路的百姓聚集在善于骑射素有名声的黄巢附近，与朝廷官吏发生激烈的武装冲突。

乾符二年（875年）初，王仙芝在百姓的聚集下，于濮州濮阳发出檄文，斥责朝廷官吏贪赋重税害，民不聊生，自称为天补平均

大将军兼海内诸豪都统,与尚让等人率领起义军攻克曹州、濮州。天平均节度使薛崇出兵围剿王仙芝,被王仙芝击败。

听闻王仙芝起义,黄巢立即与子侄黄揆、黄恩邺等八人在冤句起兵,响应王仙芝。随后率领数千人在曹州与王仙芝会师,声势浩大。其余各地被压迫的百姓们,争先投奔起义军,短短几个月的时间就发展到几万人。

消息传到朝廷后,僖宗任命平卢节度使宋威为诸道行营招讨草贼使,让他率领禁军三千人、甲军五百,并令河南诸藩镇遣派各军交由宋威指挥。

宋威先是小胜,王仙芝直接率部众长途跋涉,转战河南方向,不到十天就攻破了八座县城。随即,王仙芝又占领汝州,杀死唐朝将领董汉勋、刑部侍郎刘承雍。

消息传到东都洛阳,百官惊恐不已连忙逃出洛阳。僖宗知道后,吓得直接取消了重阳内宴,下诏赦免王仙芝谋反之罪,想要用官爵来招抚王仙芝,却无用。王仙芝连续攻克淮南大半地区,僖宗彻底坐不住了,连忙封王仙芝为左神策军押牙兼监察御史。王仙芝听了有所意动,想要投降,但被黄巢责骂,起义军也强烈反对,因此只好作罢,之后王仙芝与黄巢分兵而战。

乾符四年(877年)正月,王仙芝攻取鄂州。

三月,僖宗发布《讨草贼诏》,让官员和地方武装加紧镇压起义军,同时对起义军进行内部瓦解,称解甲投降的全都赦免无罪并给予赏赐。

七月,与黄巢合兵攻打宋州,失败而归,转攻复州,随后王仙芝写了降表并派遣心腹尚君长等人去邓州请求投降。

招讨副使都监杨复光收到王仙芝降书,大喜,这可是个天大的功劳,连忙送他们前往长安,但中途被嫉妒杨复光得了功劳的宋威

49. 黄巢入关

劫持，直接杀死尚君长等人。王仙芝得知自己派去请降的人被杀了，十分愤怒，直接率军南下，渡过汉水进攻荆南。

乾符五年（878年）二月，王仙芝在黄梅兵败被曾元裕部下斩杀，其部下或渡江转战江南，或由尚让率领投奔黄巢，推黄巢为黄王。

三月，黄巢军进攻汴州、宋州，被东南面行营招讨使张自勉拦阻，于是转战卫南、阳翟等地区。

乾符六年（879年）十月，黄巢以"百万都统"的名义发表了北伐的宣言，提出"禁止刺史殖财产，县令犯赃者族"的主张，随即挥师北上。

僖宗得知黄巢北上，立即派遣宰相王铎为南面行营招讨都统，在江陵屯兵抵御黄巢军，又任命李系为行营副都统兼湖南观察使，统兵十万，屯驻潭州。

黄巢率领的百万农民起义军猛攻潭州，唐朝十万军队血染湘江，潭州仅一日就被攻破。尚让乘胜追击，率领五十万军队进逼江陵，王铎得知潭州惨烈战况后，吓得直接逃奔襄阳，黄巢军不费一兵一卒占领江陵，接着进军襄阳。

山南东道节度使刘巨容与淄州刺史曹全晸（zhěng）合兵，在荆门大破黄巢军，黄巢与尚让收拢残部渡江往东逃走。曹全晸率军追击，原本是大好局面，朝廷却突然改派泰宁都将段彦谟。段彦谟征讨失利，以至于黄巢军渡江逃走，转战饶、信等十五州，又逐渐势大。

僖宗这时候又想起了曹全晸，让他再次领兵征讨黄巢军。曹全晸长子曹翊领兵追击，陷入黄巢军埋伏，力战而死。

广明元年（880年），高骈派遣部将张璘渡江南下阻击黄巢，黄巢被迫退守饶州，张璘乘胜进攻。

　　五月，岭南发生大疫，黄巢军损失惨重，加上张璘步步紧逼，黄巢向朝廷投降。高骈想要战功，向朝廷上奏说，不用多久就会将黄巢军平定。黄巢立即挥兵北上，相继攻克睦州、婺州、宣州等地。

　　八月，黄巢军击败曹全晸，渡过淮河，直逼东都洛阳，淮北相继告急。高骈此时却坐守扬州，按兵不出。

　　十一月，黄巢占领洛阳。

　　十二月初三，黄巢军攻下潼关。初四，攻下华州，抵达灞上，对着长安虎视眈眈。

　　不久，田令孜忽然面见僖宗，报信说："贼军已经到了长安城外，陛下快点去蜀地吧！"

　　僖宗大惊失色，"什么时候的事情？"

　　田令孜赶紧说道："臣已经召集神策军五百人护驾，请陛下赶

49. 黄巢入关

紧启程!"

僖宗被他吓得脸色苍白,当即返回宫城,携带着细软出宫往蜀地方向而去。不久,黄巢军攻进长安,建国号大齐,黄巢在含元殿自封为帝,年号金统。

 唐 | **50. 朱温篡唐**

黄巢攻占长安，僖宗李儇成为玄宗李隆基后，又一位逃亡四川的皇帝。

川蜀之地有天险保护，且物资丰饶，是个宝地。得知皇帝来了四川，附近的官员连忙赶来觐见，奉上物资。义武节度使王处存听闻黄巢攻陷长安后，悲愤痛哭，来不及等僖宗传诏就亲率本部人马赶往四川，并派人马前往山南保护僖宗。

前任宰相后为凤翔陇右节度使的郑畋，向天下传檄，号召各藩镇合力讨伐黄巢，但只有王处存、河东节度使郑从谠、河中节度使王重荣等少数人呼应。

中和元年（881年），僖宗开始组织对黄巢的反攻。王处存、王重荣等人全力攻打黄巢军，随后沙陀族出身的将领李克用率领沙陀军南下镇压黄巢。黄巢军在朝廷各藩镇的攻击下连连败退。

中和二年（882年），唐朝军队在城中百姓的协助下攻入长安，黄巢军在城内与之激战，朝廷军队随即败退。

九月，黄巢部下驻守同州重镇的防御使朱温在与王重荣的交战中降唐，僖宗李儇大喜过望，认为是"天赐我也"，于是赐名朱温为朱全忠，随即与李克用一起进攻黄巢。

中和三年（883年）四月，黄巢被迫撤离长安，败走商山。

50. 朱温篡唐

中和四年（884年）春，李克用率兵五万，南渡攻打黄巢军，黄巢军接连败北只好转战山东。三月，朱温在王满渡大败黄巢，黄巢部下李谠、葛从周等人皆降唐。黄巢带领残部向东北逃亡。

六月，武宁节度使时溥派遣李师悦与尚让一起追击黄巢。黄巢与一千残兵逃入泰山，屡战屡败，随后自刎。僖宗李儇听闻黄巢已被平定，大喜，在大玄楼接受献俘，并将黄巢首级悬挂在都门。

光启元年（885年）正月，僖宗李儇在逃离长安四年后。自川中启程，终于在三月回到都城长安。经此黄巢之乱后，唐朝皇室的统治地位大幅度下降，高骈占据淮南八州、朱全忠（朱温）据汴、滑为私有、李克用割据太原、上党……形成藩镇割据的局面，朝廷能直接控制的不过河西、山南、剑南、岭南西道等数十州之地而已。

局势本就动荡，宦官田令孜却为了从河中节度使王重荣手中夺得池盐之利，公然联合邠宁节度使朱玫、凤翔节度使李昌符，对王重荣开战。王重荣向李克用求助，二人联手击败朱玫、李昌符，军队进逼长安。十二月，神策军溃散，宦官田令孜无可奈何，只好再次领着刚在长安落脚的僖宗逃亡凤翔。

光启二年（886年）十月，朱玫挟持因病没能逃掉的襄王李煴，将他带到长安立为傀儡皇帝，改元建贞。僖宗被动成为太上皇，自然不会答应，以正统为号召将王重荣、李克用等人争取过来反攻朱玫，并暗中下诏给朱玫爱将王行瑜将其策反。

十二月，朱玫被王行瑜斩杀，因此一事，朝廷不少官员遭到杀戮，田令孜也被贬斥。

光启三年（887年）三月，僖宗重返长安，被凤翔节度使李昌符扣留。

六月，僖宗手下的天威君与李昌符交战，李昌符进攻僖宗行

宫兵败,逃亡陇州,僖宗命都将李茂贞追击,李昌符被斩杀。

光启四年(888年)二月,僖宗终于回到长安,连番几次折腾身体却已经垮了。拜谒太庙后,僖宗改元文德,随即病倒。

文德元年(888年)三月六日,僖宗结束了他颠沛流离的一生,在长安武德殿病逝,享年二十七岁。懿宗七子李晔(yè)(僖宗李儇之弟)在宦官杨复恭的拥立下继位,是为昭宗。对比僖宗贪玩享乐、宠信宦官,昭宗李晔神气雄俊,励精图治,致力于恢复基业。

次年,昭宗改元龙纪。

龙纪元年(889年)二月,申丛打断秦宗权双腿准备投降朱温,不久被部将郭璠杀害,郭璠献秦宗权给朱温,随后秦宗权被斩,蔡州平定。昭宗封朱温为检校太尉兼中书令,又进封为东平王。

宦官杨复恭因手握左神策军而拥立昭宗,随即更是控制住守卫京师的进军,对朝政大事随意干涉。随后杨复恭害死昭宗舅舅一事被昭宗得知,无论是从朝廷权力的争夺还是个人恩怨,昭宗对杨复恭都是恨不得立即铲除。先是剪除杨复恭羽翼,采用离间计,让杨复恭与其养子杨守立反目为仇,后在大顺二年(891年)夺了杨复恭的兵权。宫禁握在手里后,昭宗开始直面越来越庞大的藩镇势力。

景福二年(893年)七月,陇西郡王李茂贞不断干涉朝政,令昭宗十分不满,李茂贞更是直接写信嘲讽朝廷软弱无能,昭宗勃然暴怒,开始了与李茂贞的多次交战,却因为军队实力不足,接连失败。

乾宁二年(895年),李茂贞指使宦官宰相崔昭纬,再次率军进攻长安。昭宗被迫逃往河东,被李茂贞盟友华州刺史韩建追上,

50. 朱温篡唐

扣押至华州，幽禁近三年。

乾宁五年（898年），东平王朱温占据东都洛阳。李茂贞、韩建与李克用联盟，决定送昭宗回到长安，从而避免朱温得到皇帝。

八月，昭宗被送往长安，改元光化。以神策军中尉刘季述为首的宦官策划废黜昭宗，并在光化三年（900年）十一月，将昭宗关在少阳院。朱温杀死实行政变的宦官，复立昭宗。

光化四年（901年），昭宗改元天复，加封朱温为梁王，朱温权势之大远超其余藩镇将领，昭宗所做决定往往受制于朱温。

天祐元年（904年）正月，朱温命令养子朱友谅假传诏令将丞相崔胤、京兆尹郑元规等人诛杀，再上奏强硬要求昭宗到洛阳。昭宗不得已迁徙洛阳，身边侍卫全被朱温杀死。八月十一日壬寅夜，朱温指使朱友恭等人诛杀昭宗，随后立昭宗嫡次子李柷为帝，时年十三岁，是为昭宣帝，又被称为哀帝。

天祐四年（907年）三月，哀帝李柷被迫禅位，朱温称帝，改名为朱晃，国号为梁，史称后梁，定都汴州，是为梁太祖。至此，立国二百九十年的唐朝彻底灭亡，载入史册，终是浩浩历史长河中的一段记忆。